VENGEANCE DE FEMME

Collection « Brigade Mondaine »

DU MÊME AUTEUR
CHEZ LE MÊME ÉDITEUR

N° 1 . LE MONSTRE D'ORGEVAL
N° 2 : LE CARROUSEL DE LA PLEINE LUNE
N° 3 : L'ABOMINABLE BLOCKHAUS
N° 4 : LES SÉMINAIRES D'AMOUR
N° 5 : LE MARCHÉ AUX ORPHELINES
N° 6 : L'HÉROÏNE EN OR MASSIF
N° 7 : UN CHANTAGE TRÈS SPÉCIAL
N° 8 : LES REQUINS DE L'ÎLE D'AMOUR
N° 9 : LA CITÉ DES DISPARUES
N° 10 : LE CYGNE DE BANGKOK
N° 11 : LA MANTE RELIGIEUSE
N° 12 : LE JEU DU CAVALIER
N° 13 : LA CROISIÈRE INTERDITE
N° 14 : LE HAREM DE MARRAKECH
N° 15 : LA MAISON DES MAUDITES
N° 16 : LA PERMISSION DE MINUIT
N° 17 : LES CAPRICES DE VANESSA
N° 18 : LA VIPÈRE DES CARAÏBES
N° 19 : LE VOYOU DE MONTPARNASSE
N° 20 : LES FILLES DE MONSEIGNEUR
N° 21 : LA NUIT ARABE DE MONACO
N° 22 : LA FERMIÈRE DU VICOMTE
N° 23 : LA PUNITION DE L'AMBASSADEUR
N° 24 : LA SECTE DES AMAZONES
N° 25 : LES SIRÈNES DE L'AUTOROUTE
N° 26 : LE BOUDDHA VIVANT
N° 27 : LA PLANCHETTE BULGARE
N° 28 : LE PRISONNIER DE BEAUBOURG
N° 29 : LES ESCLAVES DE LA NUIT
N° 30 : LES POUPÉES CHINOISES
N° 31 : LES SACRIFIÉS DU SOLEIL
N° 32 : L'EXÉCUTRICE
N° 33 : LA PRÊTRESSE DU PHARAON
N° 34 : UN CANAL ROSE POUR CIBISTES
N° 35 : LES FANATIQUES DE LA VIDÉO
N° 36 : LES ANGES DE PIGALLE
N° 37 : SOSIES SUR MESURE
N° 38 : LA MARQUE DU TAUREAU

N° 39 : L'ÎLE AUX FEMMES
N° 40 : LA CHÂTELAINE DE L'ORDRE NOIR
N° 41 : LA PRINCESSE DES CATACOMBES
N° 42 : LA DISPARUE DE SUNSET BOULEVARD
N° 43 : LE PARFUM DE LA DAME EN GRIS
N° 44 : LES FEMMES MYGALES DE COTE-D'IVOIRE
N° 45 : LA DANSE DES COUTEAUX
N° 46 : LES AMANTS DE SINGAPOUR
N° 47 : LA VEUVE DU LAC
N° 48 : LES FANTASMES DU NOTABLE
N° 49 : LA BÊTE DU LUBÉRON
N° 50 : CARNAVAL À VENISE
N° 51 : LES NUITS BLANCHES DE LA TOUR EIFFEL
N° 52 : LOVE TELEPHONE
N° 53 : GOLF-PARTY
N° 54 : L'ENFER DU COLLECTIONNEUR
N° 55 : LES SOMNAMBULES DU DOCTEUR MARLY
N° 56 : LES ENVOÛTÉES DU MARABOUT
N° 57 : LA TUEUSE D'HOMMES
N° 58 : LA DIVA DU BOIS DE BOULOGNE
N° 59 : LA FOLIE DE BARBE-BLEUE
N° 60 : LE MANIAQUE DU PARKING
N° 61 : LE BATEAU DES FILLES PERDUES
N° 62 : LE DÉMON DU PEEP SHOW
N° 63 : LES CHASSEURS DE MIREILLE
N° 64 : LA PLAGE AUX NYMPHES
N° 65 : NUITS DE CHINE
N° 66 : LA FILIÈRE MEXICAINE
N° 67 : LES SECRETS DE MADAME MAUD
N° 68 : LA FEMME MASQUÉE
N° 69 : TRANSPORT DE FILLES
N° 70 : LA SECRÉTAIRE DU PATRON
N° 71 : LA PANTHÈRE DES PALACES
N° 72 : LES PROFANATRICES
N° 73 : LA TENTATION DE CAROLINE
N° 74 : LA LOUVE DES BEAUX QUARTIERS
N° 75 : LES STRIP-TEASEUSES DU PETIT ÉCRAN
N° 76 : LES MAÎTRESSES FEMMES DE SAINT-TROPEZ
N° 77 : LE RODÉO DU PLAISIR
N° 78 : LES PROIES DU COMMANDO
N° 79 : LA FEMME-FAUCON
N° 80 : LA TIREUSE D'ÉLITE
N° 81 : LES VOIX DU DÉSIR
N° 82 : LES TAXIS DE L'AMOUR
N° 83 : L'ALLUMEUSE
N° 84 : MAÎTRE ET ESCLAVE

Nº 85 : GIGOLO STORY
Nº 86 : LA CAVALIÈRE DE L'APOCALYPSE
Nº 87 : LES JEUX DÉFENDUS DE LA PRÉSIDENTE
Nº 88 : L'ÉVENTREUR AU YEUX D'OR
Nº 89 : JEUNE FILLE AU PAIR
Nº 90 : L'INCONNU DU TRAIN BLEU
Nº 91 : LA CALL-GIRL DE MONTRÉAL
Nº 92 : LA GRANDE BOURGEOISE
Nº 93 : LE PIÈGE ESPAGNOL
Nº 94 : CLUB PRIVÉ
Nº 95 : LA SORCIÈRE DE POMPÉI

MICHEL BRICE

BRIGADE MONDAINE

VENGEANCE DE FEMME

PRESSES DE LA CITÉ
PARIS

Les dossiers Brigade Mondaine de cette collection sont fondés sur des éléments absolument authentiques. Toutefois, pour les révéler au public, nous avons dû modifier les notions de temps et de lieu ainsi que les noms des personnages.

Par conséquent, toute ressemblance avec des personnes existantes ou ayant existé serait totalement involontaire et ne relèverait que du hasard...

ISBN 2-258-02850-7

CHAPITRE PREMIER

Le chauffeur de taxi attrapa le billet de cent francs et plongea la main dans sa sacoche pour rendre la monnaie.

— Non, gardez tout, fit précipitamment Aline en sortant.

L'homme resta figé sur son siège, bouche bée, en regardant cette fille qui courait sur le trottoir vers une porte d'immeuble en se tordant les chevilles sur ses talons aiguille, un classeur serré contre sa poitrine, sa jupe plissée flottant dans tous les sens tellement elle se pressait.

Il soupira. Mince, cent francs pour une course de trente-cinq francs, il y en a qui gagnent facilement leur argent... Il resta immobile encore un instant avant de redémarrer. Cette fille l'avait intrigué dès qu'il l'avait prise en charge, place Saint-Sulpice. Elle était ravissante, de longs cheveux blonds encadraient son visage de madone au-dessus d'un fin pull à col roulé noir. Mais elle était très pâle, les yeux cernés, la bouche peinte d'un rouge vif et l'air presque hagard à force d'anxiété. Il la voyait se mordre les lèvres dans son rétroviseur en se tapotant le menton du poing. Et quand il avait été bloqué par un embouteillage, au carrefour de la rue Bonaparte et de la rue de Vaugirard, il l'avait entendue gémir dans son dos : « Oh, pas ça... Pas ça... »

Qu'est-ce qui pouvait la mettre dans cet état ? Elle était en retard à un rendez-vous d'amour ? Mais on ne fait pas cette tête-là, cette tête de folle, quand on va retrouver son amant. On n'en est pas au point d'abandonner soixante-cinq francs pour gagner vingt secondes. Ça avait l'air dramatique pour elle, son retard. Pourquoi ?...

L'immeuble d'Aline était au fond de la cour et elle haletait en arrivant devant l'ascenseur pour presser le bouton d'appel. C'était à cause de cette guêpière... La haute guêpière de cuir baleinée que Roland lui faisait porter depuis quinze jours et qu'il l'obligeait à lacer chaque jour un peu plus serrée. Ah, réussirait-elle à s'y habituer ?... Roland affirmait que oui. Il disait aussi que ce n'était pas son problème à lui. Il la voulait avec la taille étroite et voilà tout. Si Aline ne pouvait pas la supporter, eh bien, tant pis pour elle, elle n'avait qu'à partir. Il ne la retenait pas. Il n'aurait aucun mal à la remplacer.

L'ascenseur n'arrivait toujours pas et Aline était au bord de la crise de nerfs maintenant. C'était sûrement le type du cinquième qui avait mal refermé la porte de son palier ; il était coutumier du fait. Aline se mit à gravir l'escalier en respirant un peu plus fort à chaque marche.

Au deuxième étage, elle dut s'arrêter : le souffle lui manquait. Et cette fois, elle était envahie d'une vraie panique. Roland avait horreur qu'elle le fasse attendre. Ça lui était arrivé une fois, et pour la même raison qu'aujourd'hui : un rendez-vous de travail qui se prolonge et qu'on ne peut pas écourter : une attachée de presse de maison d'édition est au service des auteurs, même s'ils sont bavards et tatillons, comme la plupart.

— Comme Roland lui-même la première fois qu'elle l'avait vu quand il avait plaqué avec pertes et fracas son éditeur pour venir chez celui d'Aline.

C'était il y avait deux mois. Et le soir même, Aline était dans son lit. Comment aurait-elle pu refuser quoi que ce soit à lui auteur de son envergure ? Chacun des livres de Roland d'Anvers était un best-seller traduit dans le monde entier. Tous les éditeurs se l'arrachaient. Et il avait beau se comporter comme un goujat avec ses maîtresses, les considérer comme du bétail, toutes les femmes se traînaient à ses pieds. Comme le Tout-Paris littéraire, Aline était au courant de ses frasques. Et elle s'était juré, elle si fière jusque-là, de ne pas se laisser traiter comme une bête à plaisir. Pourtant, dès la première nuit, elle avait flanché. Son regard ardent sur elle, son magnétisme ahurissant, tout cela l'avait complètement fascinée.

Deux mois déjà... Deux mois d'un véritable dressage qui avaient fait d'Aline une fille soumise à toutes les volontés de son maître. Dévorée à la fois de honte et de bonheur. Vaincue. Comme les autres.

Arrivée au quatrième étage, le sien, Aline dut s'appuyer de l'épaule au mur pour chercher sa clé dans la poche de sa veste de tailleur. Un fond d'espoir lui restait : que Roland ne soit pas encore là. Ça lui arrivait parfois. Comme de ne pas venir du tout à leur rendez-vous quotidien, chez elle, en fin d'après-midi. Exprès. Sans la prévenir. Par sadisme. Pour mieux lui faire sentir qu'elle était sa chose.

La gorge d'Aline se noua affreusement dès qu'elle referma la porte d'entrée de son studio derrière elle : Roland était là ! Elle sentait depuis l'entrée l'odeur de ses cigarettes blondes. Il allait la punir comme la première fois ! Et ce serait terrible, elle le savait ! Elle aurait beau lui expliquer que rien n'était de sa faute, il s'en moquerait !

Les mains d'Aline tremblaient quand elle posa son classeur sur la console avant de se diriger, vacillante, vers le living-room. Elle se pétrifia dans l'encadrement : Roland n'était pas seul. Un homme était assis, jambes croisées, sur le canapé face à elle. Un homme brun, d'une trentaine d'années. Il était en jeans et Lacoste beige, un verre de whisky à la main, et la déshabillait de ses yeux durs. Aline jeta un regard perdu en direction de Roland, qui se servait à boire devant la commode. Il se tourna, et encore une fois, Aline se dit fugitivement qu'il ressemblait à un fauve, une espèce de tigre blond, souple et puissant ; mais lorsque ses yeux bleu métallique se posèrent sur elle, elle songea en frissonnant que son regard avait l'éclat de celui du cobra.

Roland la fixa longtemps comme ça, blanche et défaite, avant de se décider à lui adresser la parole :

— Bon, on reparlera de ton retard plus tard. Et fais-moi confiance : tu le regretteras. Pour l'instant, écoute-moi bien.

Sa main droite, celle qui tenait une cigarette, se tendit vers l'inconnu :

— Jean-Jacques est photographe de presse. Mais il travaille aussi à son compte. En particulier, il fait des photos spéciales. Si tu vois ce que je veux dire ?

Aline vibra, au bord de l'évanouissement.

— En ce moment, reprit la voix grave et sourde de Roland, il travaille sur la commande d'un club secret : un album à tirage limité pour les membres de ce club. Il a besoin d'un modèle pour le chapitre : « Postures d'offrande ». Quand il m'en a parlé, j'ai bien sûr tout de suite pensé à toi.

Le « bien sûr » résonna aux oreilles d'Aline comme le cinglement d'une cravache. Les postures d'offrande, elle connaissait... La trentaine de positions, toutes plus humiliantes les unes que les autres, auxquelles son maître l'avait lentement dressée et la dressait encore. Qu'elle prenait devant lui, au seul énoncé du numéro correspondant, parfois plus d'une heure durant, avant de « se l'envoyer », comme il disait.

La voix de Roland parvenait maintenant à Aline de très loin, comme dans un sale rêve duquel on n'arrive pas à s'arracher : les séances de pose commenceraient dès demain, au studio du photographe. Et elles dureraient jusqu'à ce qu'il soit satisfait. Qu'elle n'espère pas être masquée. Il n'en était pas question, les clients exigeaient de tout voir. Tout. Evidemment, Roland toucherait de l'argent, deux cent mille francs en liquide. A condition, cela allait de soi, que Jean-Jacques juge le visage et le corps d'Aline photogéniques. Il était justement venu pour en décider.

— Alors, poursuivit Roland, tu vas te déshabiller. Allez, ouste, mets-toi à poil !

Le photographe intervint :

— Une seconde, qu'elle marche un peu devant moi avant. Je veux voir l'allure qu'elle a toute habillée. On commence par des photos bien sages.

Aline prit une inspiration de noyée ; puis elle éclata soudain en sanglots et bredouillant :

— Non !... Non !... Je ne veux pas !... Je ne veux pas !

Elle se tordait les mains, elle se balançait sur ses talons aiguille comme une perdue. Les yeux soudain écarquillés, elle vit Roland s'approcher d'elle, sa main droite se lever...

Elle hurla, la tête presque dévissée par un aller et retour à la faire tomber à la renverse si Roland ne l'avait pas maintenue par l'épaule de son autre main :

— Je te laisse cinq secondes pour réfléchir, siffla-t-il. Si tu ne veux pas, non seulement je te fous dehors, mais je te fais virer de ton boulot.

Et ce n'est pas tout : tu ne retrouveras de place nulle part ailleurs. Inutile de te faire un dessin, hein ? Quand Roland d'Anvers veut quelque chose, personne ne le lui refuse sur la place de Paris, Alors ? c'est oui, ou c'est non ?

Il lui relevait le menton de l'index. Aline sanglotait de plus belle.

— Oui... murmura-t-elle.

Roland se recula :

— A la bonne heure. Et maintenant, évolue un peu.

Jean-Jacques émit un petit sifflement admiratif :

— Eh bien, mon vieux, on peut dire que tu l'as bien en mains, chapeau...

Roland eut une moue satisfaite :

— C'est moins compliqué que tu ne crois. En fait, elle aime ça. D'ailleurs elles aiment toutes ça. Il suffit de savoir le leur faire découvrir. Tu verras, elle va te poser des photos dingues et après, elle en sera fière, la salope !

De la cour de l'immeuble, derrière les voilages de la fenêtre, lui parvenaient les chants du soir des oiseaux perchés sur le vieux figuier ou les antennes de télé, les chants d'amour d'avril. Ici dans le petit living du cinquante mètres carrés d'Aline, vingt-trois ans, attachée de presse et objet sexuel livré aux délires sadiques d'un macho, il n'y avait plus que le bruit, déchirant pour elle, des glaçons contre le verre qu'on agite.

Envolée, la veste de tailleur, envolé le pull de

jersey à col roulé qui lui moulait si bien les seins libres dessous. Envolée la jupe plissée. Aline était debout au milieu de la pièce, sans rien d'autre sur elle que sa guêpière baleinée qui lui étranglait la taille, ses bas gris tirés par les jarretelles du même cuir que la guêpière. Et ses escarpins noirs à talons aiguille qui faisaient tant jaser ses collègues depuis deux mois. Depuis que la nouvelle s'était répandue comme une traînée de poudre : c'était elle, la « nouvelle » de Roland d'Anvers. Autrement dit : sa nouvelle esclave.

La tête baissée, les yeux rivés sur le sol, une mèche sur l'œil gauche, Aline sentait bouger ses seins à chaque inspiration. Et le regard du photographe sur eux... Sur tout son corps... Il tournait lentement autour d'elle en buvant de temps à autre une petite gorgée de son whisky.

Les mots prononcés tout à l'heure par Roland se télescopaient dans la tête d'Aline. Elle était une salope... Elle serait fière des photos... Mais force était de constater que Roland avait raison ! C'était ça le plus pénible ! Oui, elle avait abominablement honte en ce moment même d'être offerte, harnachée de cuir, aux regards d'un inconnu. Mais en même temps, elle était reconnaissante à Roland qu'il l'ait jugée digne d'être montrée. Et bientôt photographiée...

Elle vibra comme tout à l'heure en entrant : Jean-Jacques portait la main à ses seins, les caressait, jouait avec leur pointes jusqu'à la faire gémir. Puis la main descendait, s'attardait sur la toison, suivait l'aine et la hanche pour finir par soupeser les fesses. Il se recula et retourna s'asseoir.

— Joli morceau, fit-il. Les seins sont magnifiques. Un peu lourds, bien gonflés. Tu as raison de lui interdire les soutiens-gorge, une poitrine comme ça, c'est fait pour rester à l'air libre.

Il tendit l'index :

— Quant au cul, il est génial. Surtout en-dessous de la taille étranglée. Merde... quel cul ! Quel cul ! Mes félicitations, vraiment.

Roland prononça un chiffre. Et immédiatement, Aline se prosterna par terre, visage dans la moquette, croupe en l'air, cuisses ouvertes et fesses écartées à deux mains. La posture d'offrande numéro 14.

— Qu'est-ce que tu dis de ce fion ? jeta Roland.

Jean-Jacques se pencha, attentif :

— Dis donc, tu l'enfiles souvent, toi... Et tu l'as élargie au pal ?

— Oui, elle était trop serrée. Trois heures de pal par jour pendant un mois. Elle allait au boulot avec.

Le photographe partit d'un rire gras :

— Je parie que tu ne la baises pas souvent dans le ventre !

— Jamais. Interdit. Seulement la bouche et le cul. Tu sais que j'en ai fait une suceuse de compétition ? Pour le reste, je la fais se branler au godemiché devant moi. Elle a mis longtemps à accepter, mais si tu l'entendais bramer, maintenant... La reine des salopes !

Jean-Jacques tendit le menton en avant :

— Les balafres sur le cul, c'est de la cravache ou du fouet ?

— Cravache. Tous les jours. Le fouet, un fouet à chiens, c'est uniquement pour les punitions.

Il prononça un autre numéro et Aline se retrouva à genoux, bras en croix, visage offert, bouche ouverte et langue sortie.

— Tu ne lui fouettes jamais les seins ? fit le photographe.

— Si. Pour les punitions graves. Comme pour le retard, par exemple. A la badine turque. Ça fait très mal, les seins restent douloureux plusieurs jours, mais ça n'abîme pas la peau. La badine turque est large et plate, tu comprends ?

Jean-Jacques fit signe de la tête qu'il comprenait, et puis :

— Où on trouve des guêpières comme ça ? A Pigalle ?

Roland prit l'air amusé :

— Tu vas rire : rue des Saints-Pères. Une petite boutique de lingerie du tonnerre.

Il se leva :

— Regarde bien : elle est spéciale, cette guêpière. Les baleines devant, du pubis jusque sous les seins, sont en acier et courbées arc creux. Ça oblige à se cambrer, et donc, à mieux offrir son cul par derrière. Génial, non ? Comme ces étroits bourrelets sous les seins. Ça les soulève par en-dessous sans les soutenir pour autant. Ça les présente encore mieux.

Roland se rassit :

— Alors ?

Jean-Jacques se gratta la tête :

— C'est OK, évidemment. Tu le savais d'avance, non ? On commence demain soir ?

Il marqua un temps d'arrêt :

— Sois sympa. Prête-la moi.

— Mais, je t'en prie, mon vieux ! Et tout de suite, si tu veux...

Il se tourna vers Aline :

— Ouste, va le déboutonner et fais-lui une pipe d'enfer. Tiens, ça va être marrant d'assister à ça.

Il s'arrêta quelques secondes. Avec une docilité absolue, Aline était déjà en place, à genoux entre les jambes de Jean-Jacques et entreprenait à deux mains de lui ouvrir son jean.

— Ou plutôt d'y participer, corrigea-t-il. Avec ta permission, bien sûr.

Le photographe rigola :

— Tu plaisantes ou quoi ? Elle t'appartient, pas à moi. Tu en fais ce que tu veux.

Un instant plus tard, Aline, à quatre pattes sur la moquette, engloutissait le membre du photographe pendant que Roland, mains crochées autour de sa taille serrée dans la guêpière, la pénétrait d'un seul coup de rein brutal. Ensuite, quand ils l'eurent abandonnée, une fois leur plaisir pris, affalée à plat ventre sur la moquette et secouée de frissons, elle s'aperçut, effarée, que le sentiment qui avait dominé en elle tous les autres, tout le temps qu'elle s'était donnée à eux, c'était un bonheur insensé. L'impression, pour la première fois, qu'elle s'était vraiment donnée tout entière. Et que c'était

« atrocement » délicieux. En même temps, elle venait de réaliser une chose : pour ces photos qu'elle allait faire, Roland allait toucher de l'argent. Lui, pas elle ! Qu'était-ce d'autre sinon une forme de prostitution ?

Aussi, elle n'éprouva aucune surprise en les entendant discuter, un nouveau verre de whisky à la main.

— Bravo, disait le photographe. Tu en as vraiment fait la reine de la pipe... Et tu sais, c'est de la race des putes, ça. Tu devrais la prostituer. A ce club, ils sont très amateurs de filles comme elle. Et ils payent très cher.

Roland rigolard :

— Tiens, bonne idée ! Je vais y penser.

Il claqua des doigts :

— Aline ? Sur le dos, les jambes en l'air. Et montre comment tu sais bien te branler.

La dernière image que vit Aline avant de commencer docilement à ouvrir son sexe de la main droite tandis qu'elle portait sa main gauche à ses seins, ce fut Jean-Jacques penché au-dessus d'elle, Nikon braqué. Un flash l'ébouit et elle ferma les yeux. Puis il y eut un mitraillage d'autres flashs successifs jusqu'au bout, jusqu'à ce qu'elle se torde, secouée de spasmes interminables et poussant des grognements de chienne.

*
**

Il était dix heures du soir maintenant. Jean-Jacques, le photographe, venait de partir. A la cuisine, Aline préparait le dîner. Epuisée, car ils se l'étaient envoyée tous les deux comme des forbans, se la passant de l'un à l'autre sans arrêt. Roland entra et posa la main sur ses fesses.

— Dépêche-toi. Tu sais qu'à onze heures, il faut que je sois parti...

Aline tourna vers lui son fin visage aux yeux cernés de noir :

— Je vous aime, murmura-t-elle. Faites de moi tout ce que vous voulez.

La main de Roland continuait à lui flatter la croupe.

— Très bien, fit-il. Tu as enfin compris où était ton vrai bonheur.

En même temps, il entreprenait de lui décrocheter sa guêpière. Une fois libérée, celle-ci s'effondra lourdement pour finir par se balancer contre les jambes d'Aline, bas descendant peu à peu sous son poids. Roland se recula.

— Merveilleux. Tu verras, quand je pourrai faire le tour de ta taille avec les mains, tu seras mille fois plus bandante avec ton cul bien mis en valeur.

Il revint, se colla à elle en attrapant, par devant, ses seins à pleines mains.

— Allons, je lève la punition. Mais ne recommence jamais à me faire attendre. Jamais.

Sa bouche se collait à sa nuque et il commençait à mordre. Aline se mit à ronronner.

— Tu vas me rapporter beaucoup d'argent, n'est-ce pas ?

Elle fit oui de la tête :

— Oui. Je vous aime... Je vous aime.

*
**

Roland d'Anvers sifflotait gaiement en descendant l'escalier. Sur le palier du deuxième étage, il s'arrêta pour allumer une cigarette en souriant : tout allait à merveille. Avec cette petite salope d'Aline, il avait fait une sacrée découverte. Et ce soir, elle s'était révélée encore plus soumise qu'il ne l'imaginait. Parce qu'il devait reconnaître que c'était pile ou face avec elle, cette histoire de photos pornos. Une chance sur deux pour qu'Aline pique sa crise et refuse tout net. En somme, il ne la dressait que depuis deux mois et elle était encore un peu « jeune » dans l'obéissance.

Et finalement, il avait eu raison de tenter le coup ! Ça avait marché. Au prix d'une paire de gifles et d'une menace, bien sûr, mais ce n'était pas pour ça qu'elle avait cédé. En fait, il avait tenté son coup au bon moment. Sans qu'il en soit sûr, Aline était mûre pour un nouveau grand pas en avant dans la soumission. Comme il avait eu raison de donner le coup de pouce nécessaire !

Roland s'engagea à grands pas dans la cour intérieure. Toujours perdu dans ses pensées : d'abord, séance de photos, ensuite, Jean-Jacques avait raison, prendre contact avec ce club et négocier le prix de « location » d'Aline. Il mettrait la barre très haut : les filles bien dressées, ça ne court pas les rues. Après, il engrangerait.

Ça l'excitait d'avance de faire le mac... Il n'avait jamais encore tenté d'expérience. Très utile pour un futur livre. Evidemment le jour viendrait où il en aurait marre d'Aline. Il en connaissait déjà le moment exact. C'était toujours le même depuis des années : celui où la fille est tellement réduite à l'état d'objet qu'elle perd tout intérêt. La libido de Roland ne fonctionnait que sur un seul truc : forcer les filles. Comme les vrais chasseurs forcent le gibier ; une fois celui-ci attrapé, ils ne pensent déjà plus qu'au suivant.

Qu'est-ce qui arriverait alors à Aline ? Ça, c'était bien le cadet de ses soucis. Qu'elle reste pute, c'était au fond ce qui pouvait lui arriver de mieux.

Et pendant ce temps-là, Roland, lui, se remettrait en chasse.

Mais, pour l'instant Aline avait encore bien des plaisirs à lui procurer. Il en salivait d'avance. Il n'avait eu qu'un seul échec, jusqu'ici. Sa seule erreur de jugement sur une fille.

Roland dut rallumer son briquet pour trouver l'interrupteur de la porte d'entrée de l'immeuble : l'ampoule du hall était encore grillée... Dehors, le boulevard Edgard Quinet était calme. Juste un type qui promenait son chien, à vingt mètres. Roland marchait d'un pas vif vers le carrefour du boulevard Raspail quand une femme surgit d'entre deux voitures garées contre le trottoir et se dirigea vers lui. Elle était très grande pour une femme. Aussi grande que lui. En pantalon et blouson, avec une drôle de démarche masculine, souple et musclée. Ses cheveux blonds très bouclés détonnaient avec l'allure générale. Une lesbienne, visiblement...

Roland serra les dents quand elle se planta devant lui, souriante, une cigarette éteinte entre les doigts. Ah, non, il n'allait pas donner du feu à une gouine, à une de ces salopes d'homosexuelles agressives et sectaires ! Huit jours plus tôt, une violente prise de bec l'avait opposé à l'une d'entre elles et ils en étaient presque venus aux mains.

— S'il vous plaît ? fit la femme en se rapprochant tout près de lui.

Elle désignait du menton la cigarette qu'il avait aux lèvres. Rougeoyante, elle.

Roland d'Anvers ouvrait la bouche pour lui balancer en pleine figure une bordée d'injures quand il ne comprit plus rien à ce qui se passait.

Tout ce dont il se souvint, plus tard, au cours de ces interminables journées et nuits de cauchemar qui s'ensuivirent, ce fut l'image d'une espèce de fauve bondissant de côté sur lui en lui écrasant sa cigarette allumée d'un coup de paume dans la figure. Puis l'impression de recevoir un pavé sur la nuque.

Un feu d'artifice d'étoiles dans les rétines.

Aussitôt après, le noir complet.

Et plus rien.

*
**

Là-bas, à vingt mètres, le petit vieux avec son chien s'était peureusement réfugié derrière un arbre : une autre fille avait surgi de la voiture blanche, une petite brune frêle et menue, toute bouclée.

Et elle tendait vers lui à deux mains une arme de poing en disant calmement d'une voix posée :

— Tu bouges, tu cries, tu es mort.

Une voiture, venant du boulevard Raspail, prit le boulevard Edgard Quinet. Mais est-ce qu'on pense à regarder ce qui se passe sur un trottoir, derrière une rangée de voitures stationnées pare-chocs contre pare-chocs ?

La grande blonde en blouson de cuir s'était penchée sur le corps de l'homme assommé d'une véritable manchette de karaté et maintenant elle le tirait avec une facilité incroyable vers la voiture dont l'autre fille ouvrait le coffre, pistolet toujours dardé vers le vieux.

La grande bringue releva d'un coup d'épaule de boucher, exactement comme elle aurait soulevé un demi-bœuf, le corps inanimé qui bascula dans la malle arrière. Ensuite, le vieux la vit enfourner les deux jambes qui pendaient encore dehors.

La fille au pistolet fit un pas dans sa direction et, toujours de sa même voix calme :

— Derrière l'arbre. Si je vois sortir ta tête, je te la fais exploser.

Derrière elle, l'athlète en blouson de cuir s'affairait. Elle commença, par lui menotter les poignets dans le dos. Puis, posément, sans se presser, elle lui entrava les chevilles avec une longue cordelette qu'elle sortit de la poche de son pantalon. Et pour finir, elle croisillonna la bouche avec plusieurs morceaux de bandes de plastiques adhésives avant de refermer le coffre.

Elle alla s'installer au volant et mit le contact. Sa compagne revint à reculons jusqu'à la portière avant droite qui fut ouverte de l'intérieur. Elle se glissa dedans et la voiture sortit de son créneau.

Quand elle passa devant lui, le vieux se recula précipitamment derrière son arbre : par la vitre baissée, le pistolet était pointé sur lui. Et la brune frêle avait des yeux paisibles et froids.

Des yeux de tueuse.

Tout ce que put noter le vieux avant que la voiture ne disparaisse en direction de l'avenue du Maine, avec au loin l'énorme masse illuminée de la Tour Montparnasse, ce fut la marque. Mais pas le numéro d'immatriculation : la plaque était couverte de boue séchée, comme d'ailleurs tout le bas-de-caisse.

Cinq minutes plus tard, il se battait avec son annuaire téléphonique, chez lui, à côté de sa femme qui geignait dans son dos, effondrée sur une chaise :

— Tu aurais pu être tué... Tu aurais pu...

Enfin il trouva le numéro et pianota le 43 20 14 80.

— Allô ? Le commissariat de l'avenue du Maine ? Je suis un habitant du quartier, 5 square Delambre... Je viens d'assister à un enlèvement...

Il avait du mal à reprendre son souffle :

— Mais non, je ne suis pas fou ! Ça vient juste d'arriver. Un monsieur qui sortait d'un immeuble, du 6 boulevard Edgard-Quinet... Je promenais mon chien avant de me coucher... Enlevé par deux femmes... Oui, des femmes ! Assommé puis jeté dans un coffre de voiture !... Et la petite me visait avec un pistolet... Et pas n'importe lequel ; une arme de guerre, un Lüger. Elle avait des yeux, des yeux ! Sûr qu'elle m'aurait tué si j'avais bougé.

Sa voix s'éraillait :

— On aurait dit les tueuses de Georges Besse [1]. Exactement. Des pros... Comme Action directe !... Comment ? Ah oui, mon nom et mon adresse :

Il épela et puis :

— Vous venez tout de suite ? Ah, merci. Je n'ai plus de jambes, vous savez... Quoi ?... Mais bien sûr que je pourrai vous décrire le monsieur et les deux dingues ! J'ai encore de bons yeux, vous savez !

*
**

Porte d'Orléans, la 505 Peugeot crème se rangea à la hauteur de la statue de Leclerc. La conductrice en descendit, un chiffon à la main, et elle nettoya soigneusement les plaques d'immatriculation avant et arrière. Pas question de se faire arrêter à cause de ses plaques illisibles. Puis elle ouvrit le coffre et se pencha.

Roland d'Anvers était toujours immobile, recroquevillé, la tête tordue de côté, les yeux mi-clos.

1. Le P-DG de Renault assassiné devant chez lui par deux femmes.

— Salaud, grogna la femme en blouson de cuir. Tu vas payer maintenant ! Et cher...

Elle ponctua cette menace d'un crachat qui vint s'étoiler sur la joue de l'écrivain avant de claquer sèchement la portière et de se réinstaller au volant.

Il y avait peu de monde à vingt-trois heures trente à l'entrée de l'autoroute du Sud. La 505 s'y engagea à petite allure : pas question non plus de se faire prendre en excès de vitesse par un contrôle radar.

CHAPITRE II

La porte du bureau des Affaires Recommandées, la section reine de la Brigade Mondaine aujourd'hui rebaptisée BSP[1], 36 quai des Orfèvres à Paris, s'ouvrit en coup de vent et une grande silhouette puissante en blouson beige s'engouffra dans la pièce.

L'inspecteur principal Aimé Brichot, dit Mémé pour les intimes, releva le nez au-dessus de ses dossiers en gratouillant de l'index sa fine moustache taillée de frais le matin même.

— Tu as vu l'heure ? fit-il. Presque onze heures. Où étais-tu passé ?

Boris Corentin, inspecteur divisionnaire, flèche[2] d'Aimé Brichot, se passa rapidement les mains dans son épaisse tignasse noire bouclée avec juste quelques petits fils blancs côté tempes :

— Désolé, mon vieux... Mon réveil n'a pas sonné.

Il soufflait encore un peu d'avoir couru depuis le métro et monté quatre à quatre les cinquante marches du célèbre escalier A du quai des Orfèvres.

1. Brigade des Stupéfiants et du Proxénétisme.
2. Premier des deux dans une équipe.

Aimé daigna sourire :

— Tu parles... Tu ne l'as pas entendu, oui ! Si tu voyais tes cernes sous les yeux !

Boris s'assit à son bureau :

— Ça va... grogna-t-il. Il y a une glace dans ma salle de bains. J'ai vu.

Il s'étira avec un bâillement de fauve :

— Bon, quoi de neuf aujourd'hui, les copains ? fit-il, s'adressant à la fois à Aimé et à la deuxième équipe de son service : Rabet et Tardet.

Ceux-ci eurent un petit sourire en direction d'Aimé Brichot qui haussa les épaules :

— Oh, rien de bien important, vieux.

Il s'interrompit une seconde, ses petits yeux gris-vert pétillant de malice derrière ses verres de myope léger :

— A part que Baba [1] nous a convoqués d'urgence tous les deux il y a une heure.

Boris serra les mâchoires en se relevant :

— Merde... Il t'a dit ce qu'il voulait ?

Aimé se regratta la moustache :

— Non, mais ça avait l'air urgent. Il vient de rappeler, furieux, il y a une minute.

Boris se retourna sur le seuil :

— Tu es un drôle de copain, toi ! Tu aurais pu au moins me réveiller à dix heures. J'ai le téléphone, tu sais ?

Aimé le rattrapa dans le couloir :

— Parce que tu crois que je ne l'ai pas fait ?

1. Le Commissaire divisionnaire Charlie Badolini, chef de la Brigade Mondaine.

Mais ta sonnerie devait être en panne, comme ton réveil, si tu vois ce que je veux dire ?

Ils traversaient maintenant le secrétariat de Charlie Badolini. Sylvaine Morand se prit la tête à deux mains :

— Monsieur Corentin, vous allez vous faire engueuler...

Boris grimaça :

— Eh oui, c'est la vie !

Et il frappa à la porte du sas. Dans leur dos, la secrétaire du patron le dévorait des yeux. Boris, son dieu au physique d'acteur de cinéma. Son amant d'un soir, une fois. Et qui avait au-dessous des yeux ces cernes que l'on n'a qu'après une nuit d'amour...

Derrière la porte refermée, Aimé et Boris s'asseyèrent en face du grand bureau Empire. Boris essayait de prendre l'air dégagé. En fait il attendait l'orage.

Qui ne venait pas... Il releva la tête, intrigué : Charlie Badolini le fixait avec sa gueule des mauvais jours.

Et puis, subitement, il se passa quelque chose d'étrange : les mâchoires contractées du petit Niçois né de mère corse, déplumé et flottant dans son costume, se détendaient peu à peu, les lèvres se dépinçaient, les sourcils se mettaient en accent circonflexe. Au bout de la main levée, et entre index et médius jaunis de nicotine, sa Celtique maïs laissa tomber sur le cuir du bureau une cendre d'un centimètre et demi.

— Ça, c'est ce qu'on appelle des yeux bordés de reconnaissance, monsieur Corentin, articula lentement Charlie Badolini. J'ai rarement vu des cernes aussi éloquentes, même chez les pires don Juan de votre espèce !

Il chassa d'un revers de la main le petit tas de cendres et, soudain hilare :

— Petit veinard, va ! Ah, si j'avais encore votre âge !...

— Excusez-moi, patron. Je crois que je vous ai fait attendre.

Le chef de la Brigade Mondaine haussa les épaules puis il reprit son visage professionnel.

— Ouais... Bon. Affaire classée. Messieurs, voici pourquoi je vous ai convoqués.

Il tira à petits coups de lèvres gourmandes sur sa Celtique et, posément :

— Roland d'Anvers a été enlevé cette nuit Et par deux femmes, en plus.

Aimé écarquilla les yeux :

— Vous voulez dire : l'écrivain ?

— Oui.

Boris fronça les sourcils :

— Et en quoi ça nous concerne, à la Mondaine ? Riche comme il est, c'est sûrement un enlèvement crapuleux. Pour une rançon. Ça relève plutôt de la Crime [1], non ?

Charlie Badolini ralluma une nouvelle cigarette à son mégot :

— Possible, mais à neuf chance sur dix, ça nous concerne directement. Et ce n'est pas moi qui l'invente. C'est Durocher [2] lui-même qui me

1. Brigade Criminelle.

2. Le Commissaire divisionnaire Jean Durocher. Patron de la Brigade Criminelle et donc alter ego hiérarchique de celui de la Mondaine.

l'a dit quand il m'a téléphoné en personne tout à l'heure pour m'apprendre la nouvelle.

Boris se tapa sur le front :

— Que je suis bête, mais bien sûr ! Cette émission, il y a huit jours ! C'est sûrement une vengeance d'un groupe de lesbiennes qui se sont senties agressées par ses déclarations. Ça ne fait pas un pli.

— Minute, fit Badolini en levant la paume. Ce n'est encore qu'une supposition pour l'instant, mais il faut avouer qu'elle se tient drôlement.

Il leur détailla rapidement le témoignage du vieux sorti promener son chien et puis :

— Ce retraité est un type intelligent. Il n'a pas perdu la tête. Non seulement, il a bien décrit la scène et donné plein d'éléments pour un éventuel portrait robot de chacune des deux filles, mais il a eu l'œil psychologique. Il est formel : la grande blonde en blouson de cuir — et sûrement avec une perruque blonde au passage — avait l'allure, la démarche et le comportement d'un homme. La lesbienne masculine type. Ce qui colle effectivement avec l'hypothèse d'un enlèvement lié à cette émission.

Aimé Brichot toussota :

— Mais de quelle émission vous parlez ? Pige pas.

Boris le fixa :

— C'est vrai. Tu étais en vacances.

Huit jours de mise au vert familiale dans le Berry natal d'Aimé Brichot, près de Nohant, avec Jeannette et les trois gosses, Rose et Colette, les jumelles, et Charles, le filleul de Charlie Badolini, à l'occasion des vacances de Pâques.

— Ça a fait un sacré foin, reprit Boris. Figure-toi qu'il y a huit jours à la télé, il y a eu un débat sur le harcèlement sexuel dans les entreprises, les bureaux, les administrations etc. Le droit de cuissage, quoi. Il paraît que ça se pratique toujours et, pire, que le phénomène est en pleine recrudescence.

— Possible, coupa Charlie Badolini, mais en tout cas, pas chez nous, heureusement.

Boris sourit, un rien ironique et poursuivit :

— Ce débat, Mémé, a été organisé par une ligue féminine. On y a entendu des témoignages de secrétaires, d'employées, d'ouvrières, pour les trois quarts de dos, racontant comment un jour, leur supérieur hiérarchique leur avait mis le marché en mains : « Tu couches avec moi, ou je te vire ». C'était assez poignant entre parenthèses, surtout le témoignage d'une jeune veuve qui a refusé le marché et qui est au chômage depuis un an. J'ai vu l'émission. Aussi je peux t'en parler d'autant mieux. Le meneur de jeux avait eu l'idée d'inviter un macho. Et qui, il a choisi, à ton avis ?

Aimé remonta vivement ses lunettes sur son nez :

— Tu vas arrêter de me prendre pour un demeuré ! Roland d'Anvers évidemment. Dans ses bouquins, il traite la femme plus bas que terre et dans la vie aussi. On en sait quelque chose. Il y a trois ans, il est passé tout près de la taule pour détournement d'une mineure de quinze ans.

Il désigna du pouce par-dessus son épaule la grande armoire coffre-fort du bureau du patron :

— Il y a des pages et des pages de blancs [1] sur lui là-dedans... Alors, j'imagine qu'il a exagéré ?

Boris leva les yeux au ciel :

— Pire que ça. Il a carrément déconné. Je me souviens mot pour mot de certaines de ses interventions. C'était odieux. A un moment, le journaliste lui a demandé son avis sur les conclusions du concile de Trente, au XVIe siècle, au cours duquel l'Eglise a pour la première fois reconnu que la femme avait une âme. Tu sais ce qu'il a répondu ?

— « La femme n'a pas d'âme. Elle n'a qu'un cul. » Textuel. Tu imagines le charivari chez les déléguées des féministes. L'une d'entre elles s'est levée et a protesté en disant qu'elle ne pouvait pas laisser passer cette ignoble insulte, que c'était atteinte à la dignité de la femme.

— « D'Anvers a continué sur le même ton : « Les femmes adorent être giflées. Il suffit de le leur faire découvrir. Je connais la méthode ». Il a même ajouté en rigolant grassement. « Après, elles rampent. » Et puis il s'est levé, son verre de whisky à la main et il a déclaré : « Avec moi, elles rampent toutes. Et je répète, elles adorent. Vous voulez des noms ? J'en ai à la pelle. » Le présentateur, affreusement gêné, a essayé de

1. Rapports sur une personne qui restent confidentiels, et classés aux DS (dossiers secrets).

l'arrêter, mais d'Anvers a continué, imperturbable :

— Ecoutez, j'en ai marre de toute cette chienlit. Tout le monde le sait, les femmes y compris, même cette mal-baisée devant moi, la femme est faite pour être l'esclave de l'homme, est-ce que c'est de ma faute ? Merde à la fin ! C'est la loi de la nature et c'est comme ça !

Aimé fixait Boris et Charlie Badolini tour à tour, le yeux écarquillés :

— Il a dû y avoir un scandale terrible !

Boris approuva avec une moue nerveuse :

— Je veux ! Elles lui sautaient toutes dessus. Il y a eu une bagarre. Il a fallu interrompre l'émission. Et je ne te dis pas les articles dans la presse le lendemain. Et les procès qu'il a sur le dos, d'Anvers.

— En tout cas, intervint Charlie Badolini, les faits sont là, incontournables : Roland d'Anvers a été enlevé par deux femmes huit jours après cette fameuse émission où il paraît qu'il était arrivé déjà saoul comme une bourrique. Donc...

Boris croisa les jambes :

— Cet immeuble d'où il sortait, boulevard Edgard Quinet, c'est son adresse ?

Charlie Badolini secoua la tête :

— Non. Celle de sa maîtresse actuelle, une certaine Aline Desplat, attachée de presse chez son nouvel éditeur.

— Je sais, coupa Boris, celui qui l'a récemment racheté cinq millions de francs à la maison qui l'éditait depuis quinze ans. Le monde de l'édition... Les OPA y fleurissent aussi... A propos de sa maîtresse, je suppose qu'elle doit être exactement le contraire d'une dominatrice ?...

Les yeux de Charlie Badolini s'arrondirent :

— Vous êtes payé pour quoi, à votre avis ? Pour faire des suppositions ou pour mener des enquêtes ?

Boris hocha la tête :

— Bien sûr, patron, bien sûr, on va aller la voir et l'éditeur aussi, mais...

Il s'interrompit : le téléphone sonnait.

— Allô ?... Oui, Sylvaine... Oui, passez-le moi tout de suite.

En même temps, il tournait le bouton du haut-parleur :

— C'est l'éditeur de d'Anvers : Jean-Philippe Maubert...

— Allô ? Oui, ici le commissaire divisionnaire Charlie Badolini, je vous écoute.

Boris et Aimé échangèrent un coup d'œil complice. Encore une fois, ils avaient le sentiment d'avoir été convoqués pour un coup tordu, un coup qui allait devoir rester secret, à mille contre un. Parce que c'était leur job de résoudre les affaires « recommandées », celles qui ne doivent pas laisser de vagues. Les affaires destinées, neuf fois sur dix, aux oubliettes de l'armoire où s'empilaient les fameux « blancs »...

La voix de l'éditeur claironnait dans le haut-parleur. Avec des accents snobs, une façon de parler « bouche en carré » comme dans les beaux-quartiers. Et avec des déraillements dans l'intonation qui sont le propre des homosexuels quand une situation grave leur fait abandonner, à leur insu, le langage de « comédie » sociale auquel ils se sont dressés.

Aussi est-ce d'une voix hachée par l'émotion que Jean-Philippe Maubert, quarante-huit ans, fils d'un inspecteur des Finances et d'une agrégée de philo, ancien Normalien, énarque, racontait ce qui venait de lui tomber sur la tête comme une ogive nucléaire dix minutes plus tôt.

Un coup de fil en pleine réunion éditoriale Une réunion d'une extrême importance pour lui depuis qu'il avait quitté avec armes et bagages une très grosse maison d'édition pour se mettre à son propre compte.

Avec dans le « package », comme disent les Américains, six des plus grands auteurs de best-sellers français.

Il avait aussitôt abandonné sa réunion à cause du ton alarmiste de sa secrétaire, une inconditionnelle au bord de la retraite qui avait eu la fidélité de le suivre. « Monsieur Maubert, vous devriez prendre la communication. Je crois que c'est grave ».

— Je ne peux pas tout répéter avec précision, disait Jean-Philippe Maubert, l'émotion vous comprenez ? Si Roland d'Anvers ne revient pas, je suis ruiné. J'ai tout misé sur lui. Mais je peux quand même vous dire l'essentiel, monsieur le divisionnaire.

Charlie Badolini réattrapa son combiné :

— S'il vous plaît, monsieur Maubert, essayez d'être le plus précis possible.

Il y eut un petit rire désespéré dans le haut-parleur, un bruit de déglutition, puis l'éditeur reprit :

— La voix était celle d'une femme. Sèche et dure. Celle d'une femme, mais à la limite on aurait crù celle d'un homme, qui aurait eu une voix de femme, vous voyez ce que je veux dire ?

Charlie Badolini grimaça :

— Parfaitement. Allez direct aux faits, je vous en prie.

Jean-Philippe Maubert toussota :

— Ça me gêne de vous dire ça, mais j'enregistre les conversations quand elles me paraissent importantes. J'ai enregistré celle-là. Vous voulez l'entendre ?

— Bien sûr fit Charlie Badolini. Je vous félicite d'y avoir pensé. C'est un réflexe intelligent.

Il y eut trente secondes de silence, puis l'enregistrement se déroula :

— Ne me demandez pas mon nom. Vous ne le saurez jamais. Je viens juste vous apporter une information : hier soir, j'ai enlevé Roland d'Anvers. Motif : c'est une ordure. Inutile de vous faire un dessin. J'ai mis huit jours à le localiser. Huit jours après ses déclarations immondes à la télé. Il est mon prisonnier. Il est à poil et enchaîné. Il va payer. Et je vais vous dire comment. Attention, ne vous méprenez pas : je ne vous appelle pas pour une rançon ! Je n'en ai rien à foutre. Je veux juste lui faire payer son machisme dégueulasse. Il y en a marre de ce pouvoir pourri des porteurs de couilles ! Marre de ces salopards qui recommencent à réduire les femmes en esclavage ! Marre du droit de cuissage qui revient !

La voix éructait désormais :

— Il faut mettre arrêt à tout ça ! Remettre les hommes à leur vraie place ! Celle de fournisseurs de sperme pour la prolongation de la race et rien de plus ! Il faut renverser la vapeur ! Rendre aux femmes leur vraie place, celle qui leur est due. Celle de la mante religieuse qui dévore le mâle qui l'a fécondée. Nous sommes quelques-unes à l'avoir compris après tant d'années de lutte molle : la femme est l'avenir de l'humanité, pas l'homme. La domination masculine est révolue. Commence l'ère de la domination féminine ! Elle a commencé hier soir, quelques minutes après onze heures, sur un trcttoir du boulevard Edgard-Quinet à Paris, quatorzième. Ce salaud de Roland d'Anvers sera — et est déjà — la première victime de notre Inquisition Salvatrice.

Le haut-parleur gargouillait. On devait boire quelque chose à l'autre bout du téléphone.

— Je vais être claire, reprit la voix de plus en plus surexcitée. J'agis au nom d'un Comité de femmes en révolte que j'ai fondé. Le Comité Révolutionnaire pour la Libération de la Femme. Appelez ça CRLF, si ça vous chante, monsieur Maubert. Mais moi, ce que je vous demande, c'est de faire passer le message : la lutte révolutionnaire des femmes contre les machos vient d'être ouverte. Elle sera mondiale et elle triomphera. Première prise de guerre : cette saloperie de Roland d'Anvers.

Un rire hystérique résonna dans le haut-parleur :

— Si vous le voyiez ! Il est là à trois mètres de moi. A poil, à genoux, il chiale et je le comprends : il a un godemiché enfoncé dans le fion, comme disent les hommes et ma copine est en train de le flageller avec un fouet à chiens. Il chiale, le macho. Vous pigez ! Il hurle : pitié ! pitié !

Il y eut un blanc, puis la voix reprit :

— D'ailleurs écoutez-le.

En effet, des cris insoutenables, des cris d'homme indubitablement retentirent dans la pièce. Difficile de mettre un nom avec certitude sur ces hurlements, pourtant, à certaines intonations, Boris crut reconnaître le brailleur vaniteux qu'il avait entendu huit jours auparavant à la télévision.

De nouveau, la kidnappeuse reprit la parole, s'efforçant de couvrir les glapissements de l'homme flagellé.

— Monsieur Maubert ? Vous m'entendez ? Appelez la police ou pas, je m'en moque. Ils ne me retrouveront jamais. J'ai pris mes précautions. Et ne craignez pas une demande de rançon. Tout ce que je veux, c'est transformer votre petit auteur chéri en lopette. Je vous le rendrai, ça c'est promis, mais châtré ! Pénis et couilles. Le creux total !

Nouveau silence, haletant :

— Il aura beaucoup souffert avant, faites-moi confiance. Beaucoup. D'ailleurs, vous verrez le résultat quand il réapparaîtra. Ça vaudra le spectacle, je vous le garantis... Maintenant, souvenez-vous bien de ça, monsieur Maubert : le CRLF, le Comité Révolutionnaire pour la Libération de la Femme est en marche. Nous ne nous arrêterons pas à Roland d'Anvers. D'autres machos suivront ! Tous les machos !

Dans le haut-parleur du bureau de Charlie Badolini, il y eut comme une plainte :

— Vous voulez me ruiner ! balbutiait Jean-Philippe Maubert. C'est d'une injustice atroce. Je n'ai jamais été du côté des machos !

Un éclat de rire hystérique lui répondit :

— Sale pédé, va ! Tu es un porteur de couilles comme d'Anvers, pédé ou pas que tu sois. Et figure-toi que nous, au CRLF, on a décidé de découiller tous les porteurs de couilles. On est des amazones, tu piges ? On a juste besoin de quelques géniteurs triés sur le volet pour la reproduction. Puis on éliminera les enfants mâles. Sauf deux ou trois géniteurs. Etranglés après leur office rendu. Et ainsi de suite. Pauvre type, tu n'as rien pigé ! C'est la civilisation de la ruche qu'on veut. La reine-mère, la femme qui dirige le monde !

Un silence ponctua cette déclaration fracassante, même les cris de Roland d'Anvers avaient cessé. Puis la voix reprit :

— Ne cherche pas à comprendre comment je sais que tu es pédé, Maubert. Il n'y pas délit d'initié. Tous les journaux l'ont raconté... Allez, tchao, connard.

Charlie Badolini, Boris et Aimé sursautèrent du même mouvement saccadé des épaules : le haut-parleur diffusait brutalement le refrain de Lili Marlène. L'air qui mettait en transe les soldats de la Wermacht. La musique fétiche des nazis et des troupes d'élite en uniforme noir qui avaient violé de « droit SS divin » une multitude de femmes à travers l'Europe au temps de la domination hitlérienne !

Lili Marlène !

— Je n'ai pas terminé ! hurla la voix de l'hystérique. Pour commencer, juste quelques petits détails. Un : je ne suis pas blonde. Perruque. Deux : ma complice portait aussi une perruque. Trois : le vieux au chien, témoin de l'enlèvement, ne pourra pas vous dire le numéro d'immatriculation de la bagnole. On avait maculé la plaque de boue. Quatre : message à transmettre aux flics, on n'en a rien à foutre que vous nous retrouviez. On a tout prévu. Ça vous prendra suffisamment de temps pour qu'on ait eu, nous, le temps de bousiller cette ordure de d'Anvers. De toute façon, on recommencera, on chopera une autre ordure. »

La mélodie allemande revint en force et marqua la fin de l'enregistrement.

Lili Marlène...

Boris agita la main :

— J'imagine que le numéro d'immatriculation relevé par le vieux au chien est bidon.

— Il n'a rien relevé du tout, et pour cause, ces deux femmes sont de vraies pros. J'ai oublié de vous dire : les plaques étaient maculées de boue.

Boris se leva pour aller rêver à la fenêtre comme à chaque fois qu'ils se retrouvaient dans le bureau du patron à propos de dossiers tous plus problématiques les uns que les autres.

— Pour être tout à fait honnête, je me fiche pas mal que cette ordure de Roland d'Anvers crève dans d'horribles souffrances. Franchement.

— C'est vrai que c'est une ordure concéda, dans son dos, Charlie Badolini. Une vraie ordure.

Boris fit un demi-tour en direction du petit homme chauve et moustachu, à lunettes de myope qui tentait de masquer son embarras en rajustant le nœud de sa cravate. Une cravate vert pomme, couleur de campagne anglaise, là où cet anglomaniaque forcené, berrichon de naissance, aurait rêvé de voir le jour.

— Alors Mémé, on part à la chasse à la femme ? On essaye vraiment de sauver cette ordure ? Merde, ça mérite réflexion, quand même !

Un silence lourd s'installa, bientôt coupé par la voix tabagique du patron de la Brigade Mondaine :

— Puis-je vous rappeler, inspecteur divisionnaire Corentin, que vous êtes payé pour traquer les criminels quels qu'ils soient ?

Boris planta ses yeux dans ceux de son supérieur hiérarchique :

— OK, patron. On y va. Mais je tiens à ce que vous sachiez que c'est vraiment par déontologie professionnelle et, vous avez raison de le rappeler, parce qu'on est payés pour ça. On y va, mais ce n'est pas de gaieté de cœur, croyez-le !

Charlie Badolini ralluma une Celtique maïs :

— Allons, mon vieux, reprenez-vous. Si les gens se mettent à se faire justice eux-mêmes, où on va, nous ? Au chômage. Et ne me dites pas le contraire !

CHAPITRE III

Plus elles descendaient les marches de pierre gluantes d'humidité, plus le bruit s'amplifiait jusqu'à finir par devenir assourdissant quand elles eurent atteint le niveau des anciennes meules à grains abandonnées : c'était le bruit de l'eau de la rivière se ruant dans la chute brutale où elles faisaient tourner autrefois la roue du moulin, toujours en place aujourd'hui, mais réduite à l'état de squelette, sans plus aucune pale.

Il avait beaucoup plu hier. Toute la journée. Un vrai déluge qui avait fait monter le niveau de la rivière à ras du sol. Ce qui ne se produisait jamais jadis. Mais en amont, trois kilomètres plus haut, on avait construit une cité de cinq cents pavillons, sans trop se soucier des conséquences : vingt hectares bâtis, cela multipliait considérablement le flot des eaux d'écoulement vers la rivière. En aval, d'ailleurs, ce devait de nouveau être la révolte dans l'ancien petit village, construit à ras des berges. A cause de ces perpétuelles inondations. Et la préfecture du département devait être, à nouveau, assaillie de plaintes. Thérèse pressa le commutateur et la grande salle tout entière sortit de l'obscurité Elle sourit.

— Ça fait plaisir à voir, hein ?

En même temps, elle s'était tournée vers Chantal :

— Surtout pour toi, non ?

Chantal vint se blottir contre Thérèse. Elle paraissait toute fragile et petite, malgré ses boots à talons, contre le corps immense et musculeux de Thérèse.

— Merci, mon amour, murmura-t-elle. Sans toi, je ne l'aurais jamais eu.

Thérèse la prit par la main :

— Viens, il faut qu'il nous voie bien.

Elles allèrent se poster le dos à la rivière et Thérèse attira Chantal contre elle et l'enlaça en cherchant sa bouche. Chantal se haussa sur la pointe des pieds, bras ballants, gorge offerte : cheveux blonds dévalant en grappe dans son dos. Elle gémit très vite : la géante en pantalon d'homme, bottes de cheval et chemise d'homme, avait glissé sa main droite sous sa courte jupette en jean effrangé sous laquelle Chantal ne portait jamais de slip : Thérèse aimait trop l'avoir toujours à sa disposition immédiate pour l'attraper par la fourrure bouclée de son pubis et lui fouiller le ventre.

En même temps, Chantal relevait les bras et ses doigts commencèrent à déboutonner son cardigan de lainage léger qu'elle écarta ensuite pour offrir ses seins à sa maîtresse. Libres eux aussi comme son ventre : Thérèse avait horreur des soutiens-gorge. C'était trop long à enlever. Et puis, elle aimait voir bouger doucement la poitrine de Chantal sous le tissu quand celle-ci marchait. Une poitrine riche, un peu lourde, laiteuse, qui contrastait étonnamment avec la gracilité du reste du corps. Et où la main gauche de Thérèse se plaquait déjà, jouant savamment avec les pointes pour les durcir tandis que Chantal laissait retomber ses bras.

Alors, comme chaque fois qu'elle se livrait aux caresses de Thérèse, Chantal entra dans un lent et délicieux délire. Comme la main qui lui fouillait le ventre savait être à la fois rude et douce ! Une langue impérieuse, repoussant la sienne jusqu'au fond de sa gorge, la fit défaillir de désir... La main de Thérèse se promenait sur ses seins, parfois légère comme le vent, parfois violente et précise quand elle se crispait sur ses pointes turgescentes, les tordant à la faire crier... Puis c'était de nouveau la tendresse, la douceur...

Chaque fois, Chantal ne pouvait s'empêcher de repenser au passé. De faire des comparaisons avec le temps où elle allait encore avec les hommes. Avec celui qui l'avait à jamais dégoûtée des hommes surtout. Lui aussi, il lui interdisait les culottes et le soutien-gorge. Lui aussi la voulait toujours habillée de façon à être immédiatement offerte. Lui aussi était dur et exigeant avec elle. Et pourtant tellement moins que Thérèse qui pouvait, parfois, être terrible. Pourquoi, pourquoi avait-elle accepté de Thérèse ce qui lui avait fait fuir, horrifiée, cet homme précis ? Pourquoi avoir accepté d'elle le port de ce collier de chien clouté avec une plaque gravée au nom, à l'adresse et au numéro de téléphone de Thérèse, qui l'obligeait à ne sortir qu'en pull à col roulé ?

Mais pourquoi se poser encore et encore la même question ? N'avait-elle pas eu la réponse comme une illumination le jour où elle avait connu Thérèse et que celle-ci s'était jetée sur elle comme un forban : elle était faite pour la soumission.

Mais pas à un homme.

A une femme.

Thérèse s'arrêta un instant en tournant la tête de côté :

— Tu le vois ? Tu vois ses yeux ? Il te dévore des yeux. Il crève d'envie de toi.

Chantal lui rattrapa la bouche :

— Vite, vite, je n'en peux plus.

Elle cria quand Thérèse le voulut et ensuite, elle ne fut plus qu'une petite chose suspendue par la taille par deux bras puissants et qui ronronnait par saccades, cassée en deux, nuque renversée et répétant : Merci, merci...

Thérèse sortit un paquet de cigarillos de la poche de son pantalon et son briquet claqua. Elle s'assit comme un mec, sur une marche de pierre et, tout en se passant la main dans sa courte tignasse brune, elle observa Roland d'Anvers.

Derrière lui se tenait Chantal, le pull toujours ouvert, et un long et épais fouet à chiens à la main.

— Si tu te voyais, connard ! ricana-t-elle. On dirait une vraie tantouze, la folle totale ! La folle maso qui va prendre son pied au fouet.

Elle se releva et vint lui souffler dans la figure la fumée de son cigarillo.

— Et ça vous a de ces yeux ! Des fusils mitrailleurs, ma parole ! Très drôle. Mais tu n'as pas encore pigé, ordure, que le chasseur ce n'est plus toi ? Tu es passé de l'autre côté maintenant et c'est moi qui vais te manger. Pas toi. Et je vais t'attendrir tout le temps qu'il faudra. Je vais te dresser, fais-moi confiance. Tu viendras me manger dans la main. Tu me supplieras. Tu chialeras.

Elle se recula :

— D'ailleurs, tu vas chialer tout de suite. Chantal, tu frappes doucement d'abord, puis de plus en plus fort, jusqu'au sang. Jusqu'à ce qu'il crie pitié.

Elle partit d'un rire de gorge démentiel :

— L'entendre crier pitié ! Ah, le pied !

Elle retourna s'asseoir sur sa marche :

— Si tu te voyais, tantouze... répéta-t-elle.

Roland d'Anvers ne se voyait pas, bien sûr. Mais était-ce vraiment nécessaire pour se « voir » quand même ?

Ecartelé, bras maintenus en croix par des bracelets tirés par deux chaînes accrochées à la voûte, jambes ouvertes à l'équerre par un épais madrier aux extrémités duquel étaient vissés des bracelets à chevilles, il était nu.

Sauf une étroite guêpière de cuir baleinée qui lui étranglait sa taille.

Des jarretelles roses tirant haut sur ses cuisses poilues des bas résille à couture.

Des escarpins vernis noirs à talons aiguille.

Une perruque blonde frisottée sur la tête. Celle-là même que Thérèse avait mise pour le kidnapper.

Et un nœud rose autour du membre.

— Vas-y, fit Thérèse. Le cul, pour commencer.

Chantal leva le bras, bien calée sur ses boots, et le fouet partit en sifflant. En recevant le coup, d'Anvers se cabra, mais pas un son ne sortit de sa bouche. Thérèse aspira une bouffée de son cigarillo.

— Continue.

Au dixième coup, un gémissement lui échappa.

— Ah, sourit Thérèse, on commence à s'assouplir, très bien. Chantal, passe devant lui maintenant. Vise l'intérieur des cuisses et le bas-ventre.

Dix minutes plus tard, d'Anvers se mit à hurler pour la première fois, un long feulement de fauve piégé. Un cri de haine et de désespoir à la fois. Suivi d'une bordée d'insultes en se tordant dans ses chaînes.

Thérèse se leva et alla prendre le fouet à Chantal.

— Tu as dit : salope de gouine ? Tu l'as dit ! Tu vas le regretter. Et gueule tant que tu veux, il n'y a personne d'autre pour t'entendre que nous.

Elle se recula, immense athlète cataloguée « sexe féminin » et qui aurait pu jouer dans une équipe de rugby. Elle arracha le fouet des mains de Chantal, et recommença à le cingler.

*
**

L'afflux des eaux du déluge de la veille commençait à déborder au moulin. Le dallage était déjà inondé d'une eau sale et nauséabonde. La « chose » masculine écartelée dans ses chaînes pendait, le menton sur la poitrine, talons aiguille au tiers noyés, les épaules étaient distendues, les genoux ployés. Des gouttes de sang perlaient à chaque balafre. Thérèse s'était déchaînée, lacérant furieusement tout le corps de l'écrivain. Avec méthode. Ne laissant pas une zone intacte. Mais sans avoir réussi à obtenir ce qu'elle voulait.

Le cri de : Pitié !

Ça, d'Anvers avait gueulé ! Et sauvagement. Hurlé même plusieurs fois. Mais jamais il n'avait demandé grâce.

Et maintenant, il pendait à ses chaînes. Evanoui, peut-être pas... Allez savoir avec ces foutus mecs...

Chantal s'était réfugiée sur la marche de pierre tout contre Thérèse. Celle-ci lui caressait machinalement les seins, tout en s'essuyant de temps à autre le front : elle avait bien dû donner une centaine de coups. Et pourtant, d'Anvers n'avait pas craqué.

Thérèse se redressa en rallumant un cigarillo :

— Il est plus duraille que je ne croyais... Tant mieux au fond, j'aime dresser un cheval rétif.

Elle ricana :

— Oui. J'aime ça... Il est idiot, en fait. Il va souffrir plus que je ne l'aurais voulu.

Elle fit signe à Chantal :

— Remonte. Rapporte-moi le godemiché numéro cinq, le plus gros.

Elle flatta de la paume la cuisse de Chantal à ras de la frange de la jupette :

— Quand tu redescendras, tu seras nue complètement.

Chantal frissonna :

— Il fait froid ici. Et c'est si humide...

L'ordre jaillit, « masculin », « macho » :

— Fais ce que je te dis, c'est tout.

Chantal partie, Thérèse s'approcha de l'écrivain. Elle lui souleva le menton.

D'Anvers n'eut aucune réaction. Il était bel et bien évanoui.

Après quatre allers et retours à lui dévisser le crâne, il était parfaitement réveillé. Les yeux hagards, rougis de larmes, bordés de cernes au noir de charbon, il regardait sa tortionnaire. Un regard de loup pris au piège.

Thérèse lui souffla encore un peu de fumée de son cigarillo dans les narines et elle se recula d'un pas :

— On cause entre « hommes » avec des guillemets. Tu as bien pigé pourquoi je t'ai enlevé, salaud ?

Mais la loque sanguinolente, en guêpière, bas résille et talons aiguille, resta muette.

Thérèse souffla encore vers le visage de l'ex-dresseur de filles.

— Ne joue pas au con, Roland d'Anvers. Réponds-moi.

Cette fois, la réponse ne se fit pas attendre : un crachat frappa Thérèse en pleine figure.

Celle-ci s'essuya du revers de la main tout en reculant.

— Tu es gonflé, toi. Tu ne manques pas de culot. Et chapeau, au passage. Mais tu sais que ça va te coûter cher ?

Elle verdit :

— Très cher, tu le sais ?

D'Anvers releva la tête. Ses yeux bleus de cobra se fixèrent sur Thérèse et, malgré son harnachement grotesque, malgré la douleur qui irradiait de ses plaies sanguinolentes, une lueur narquoise s'alluma au fond de ses prunelles.

Thérèse tira une bouffée de son cigarillo. Derrière elle, la rivière en crue ronflait de plus en plus puissamment. Le niveau montait encore dans la pièce aux machines. Il s'était remis à pleuvoir dehors. Demain, il y aurait un mètre d'eau ici. Si on continuait à attacher d'Anvers par le cou à l'anneau de la plinthe, il crèverait noyé.

Autrement dit, trop tôt. Elle lui attrapa le sexe en le tordant violemment à cent quatre-vingt degrés.

— Raconte ! fit-elle, Chantal, tu l'as violée dès le premier soir de votre rencontre, hein ? C'est ça ?

D'Anvers se secoua dans ses chaînes :

— Oui ! Et elle a aimé ! Tu piges ? Elle en redemandait.

Thérèse hocha la tête :

— Jusqu'au coup du collier à chien. Là, elle t'a échappé, elle a fui... Tu l'as rattrapée chez elle... Tu lui as mis une roustre de première. Elle a encore réussi à t'échapper, définitivement, cette fois. Ordure !...

D'Anvers la fixa par en-dessous.

— Toi aussi, tu lui a mis un collier. Tu es comme moi. Tu aimes dresser les filles. Pourquoi tu me fais subir tout ça ?

La paire de gifles lui retourna la tête à la dévisser.

— Parce que Chantal prend son plaisir à porter un collier au nom d'une femme. Pas au nom d'un homme, tu piges ? Pas au nom d'un homme !

Elle s'arrêta : Chantal descendait la dernière marche de l'escalier. Entièrement nue, comme il lui avait été commandé. Elle tenait dans la main un énorme godemiché de plastique brun avec des lanières du côté des « bourses ».

Dehors, le bruit de la rivière en furie était devenu si violent qu'il fallait crier pour se parler. Une pesante odeur de vase sableuse envahissait l'air de la salle des machines.

D'une poigne solide, Thérèse obligea Roland d'Anvers à regarder la fille nue qui descendait, godemiché en mains, collier autour du cou.

— Elle t'a échappé parce que tu voulais lui faire porter un collier n'est-ce pas ? Tu l'avais eue, avant, parce qu'elle aime être dominée. Mais elle a fui le jour du collier que tu voulais lui mettre autour du cou ! Chantal t'a fui parce que ce n'est pas par toi qu'elle voulait être dominée et mise au collier.

Thérèse se redressa de toute sa taille. Immense par rapport au corps de fauve enchaîné, sacrifié, fouetté.

— Mais par moi ! hurla-t-elle. Moi, une femme ! Pas un homme ! Une femme !

Elle stoppa net, yeux noirs dardés vers Roland d'Anvers.

— Une femme qui va t'enculer, beau blond, reprit-elle. Comme tu enculais tes victimes, ordure. Mais d'abord, regarde bien les préliminaires, ça va t'intéresser.

*

**

La crue montait toujours, la chute du vieux moulin dévalait à faire vibrer les murs. Dehors, dans la nuit d'avril, des cris d'oiseaux dominaient le déferlement de la rivière en crue. Des rouges-gorges, des mésanges et même des chouettes-chevêches qui hurlaient à l'amour et couvraient les piaillements feutrés des chauves-souris affairées à nourrir ses petits.

Le niveau des eaux était à la limite du débordement total. La traverse écartelant les pieds de Roland d'Anvers était complètement noyée. Les murs suintaient.

— Aide-moi, ordonna la fille gigantesque en vêtements d'homme.

Chantal se précipita, pataugeant dans les flaques, secouée de frissons.

— Attache-moi le godemiché, reprit Thérèse.

Chantal s'activa. Passant des lanières entre les jambes, autour de la taille, elle les noua comme on lace des lacets de chaussures, tandis que Thérèse l'air triomphant, se rallumait un cigarillo.

— Je vais me le faire, l'ordure... Je vais te venger, je ne te dis que ça !

Chantal se recula, admirative. Elle avait totalement oublié qu'elle était nue dans le froid de la cave : devant elle, se dressait l'image de la vengeance si longtemps espérée. Thérèse. Sa maîtresse dans tous les sens du terme

A genoux dans les eaux boueuses, elle termina de fixer l'engin, disposant les lanières de plastique, serrant des nœuds. Thérèse se laissait faire, jambes écartées, tirant placidement sur son nouveau cigarillo.

A cinq mètres d'elles, Roland d'Anvers attendait.

*
**

Thérèse se présenta devant le crucifié :

— Je te plais ?

Elle jouait des hanches, façon danse du ventre. Chantal avait parfaitement amarré le godemiché. Dressé comme un vrai sexe d'homme sur la braguette du pantalon de Thérèse.

Celle-ci attrapa à deux mains la guêpière étranglant la taille de l'écrivain.

— Tu vas souffrir, mon lapin.

Elle eut un coup de reins brutal et Roland d'Anvers ne put s'empêcher de geindre, d'abord, puis de hurler et de pleurer comme un môme. Dévoré de douleur. Et il pleura et hurla chaque fois que Thérèse le voulut.

Chaque fois.

Sodomisé par une femme, lui, Roland d'Anvers, le célèbre macho !

Thérèse s'arracha aux fesses masculines qu'elle avait défoncées à la limite de l'éclatement.

— Ça va comme ça pour ce soir, fit-elle. Chantal, détends ses chaînes.

*
**

Cinq minutes plus tard au premier étage du moulin, les deux lesbiennes s'endormaient amoureusement dans les bras l'une de l'autre.

Et en bas, dans la salle des machines, un homme réduit à l'état de victime sexuelle, sanglotait encore, à la fois de douleur, de rage et d'humiliation.

Peu à peu, une atroce panique l'envahit : jamais ses deux kidnappeuses ne s'étaient masquées devant lui ! En outre il connaissait parfaitement l'une d'entre elles, Chantal, la petite blonde qu'il n'avait même pas eu le temps de voir sur le trottoir, mais qu'il aurait reconnue malgré sa perruque brune frisottée. Et pour cause...

Il allait mourir, cette fois, il en était sûr. Tout comme il avait compris ce qui allait lui arriver, avant. Pas besoin de beaucoup d'imagination pour ça...

Roland d'Anvers luttait pour se dominer. Tout son cerveau tournait maintenant à plein régime autour d'une seule question : comment s'évader ?...

CHAPITRE IV

La main d'Aimé Brichot sortit son bloc-notes de la poche extérieure de son élégante veste de tweed acheté la veille à un prix défiant toute concurrence chez un grossite du Sentier.

— Le numéro ?... Une seconde... Voilà, c'est au 9.

Boris le précédait déjà dans la rue des Blancs-Manteaux. Ils s'arrêtèrent peu avant le Crédit Municipal en face d'un vieil immeuble. A gauche de l'entrée, il y avait une ancienne boutique dont la vitrine était couverte d'affiches toutes sur le même thème : les femmes battues. D'ailleurs, le nom de l'association était inscrit au fronton en capitales : Ligue de défense des femmes battues, suivi d'un numéro de téléphone fonctionnant vingt-quatre heures sur vingt-quatre. Boris posa la main sur la poignée de la porte et entra dans la boutique.

A l'intérieur, c'était le fouillis total. Des livres et des revues s'empilaient partout. Les murs étaient couverts de dossiers. A gauche, une jeune Maghrébine pleurait doucement devant le bureau d'une femme d'une quarantaine d'années coiffée à la va-vite, sans le moindre maquillage et un foulard noir en forme de cravate dans l'échancrure de son chemisier gris. A droite, une autre membre de l'Association, tout aussi « féminine » que sa compagne, pianotait sur le clavier d'un minitel.

Elle leva les yeux, nez froncé, en direction de Boris et d'Aimé.

— Qu'est-ce que vous voulez ? fit-elle, revêche.

Apparemment, les hommes n'étaient pas en odeur de sainteté ici...

Boris prit son sourire le plus aimable :

— Inspecteurs Brichot et Corentin, de la Brigade Mondaine. Nous avons rendez-vous avec madame Agostini.

La fille continuait à le détailler d'un air soupçonneux et Boris se dit qu'elle allait leur demander leurs plaques de police. Mais non, elle se levait et se dirigeait vers la porte du fond. Elle portait un jean flottant et la démarche était raide.

— Liliane, fit-elle dans l'entrebaîllement de la porte, il y a deux flics pour toi ici. Tu es au courant ?... Ah bon, je ne savais pas.

Elle se retourna :

— Entrez.

L'ancienne arrière-boutique était toute petite et encore plus encombrée de dossiers. Liliane Agostini leur désigna deux chaises tout en continuant de parler au téléphone. Elle devait avoir entre trente-cinq et quarante ans. Coquette, pimpante même dans son corsage à pois, coiffée d'un chignon bas, maquillée, c'était une jolie femme, encore plus jolie au naturel que sur l'écran telle qu'elle était apparue à Boris, lors de cette fameuse émission où elle tremblait de rage rentrée face à Roland d'Anvers.

Elle était en conversation sûrement avec une avocate. Echange juridique sur le cas d'une mineure violée par son père. Le problème tournait autour de la question de savoir s'il était utile ou pas qu'une représentation de la Ligue vienne apporter son appui à l'avocate de la gamine au procès du père.

Ça durait... La vie de flic est aussi faite de patience. Enfin, Liliane Agostini raccrocha :

— Excusez-moi. Mais vous avez compris je crois qu'il s'agit d'un cas particulièrement douloureux : le père a commencé à violer sa fille à l'âge de dix ans. Et c'est chez nous que la gosse a fini par avoir le courage de venir se plaindre. Son salopard de père lui faisait subir des sévices que je n'ai pas besoin de vous décrire...

Elle soupira :

— Enfin... La preuve a une nouvelle fois été donnée que nous ne nous battons pas pour rien.

Boris approuva puis il la remercia d'avoir accepté de les recevoir.

Liliane Agostini sourit :

— C'était la moindre des choses, mais comme je l'ai dit à Vidart quand il m'a appelée de la télévision pour nous mettre en contact, je ne vois pas en quoi je pourrais vous aider à retrouver cette ordure qui, entre parenthèses, a cent fois mérité le sort qu'il doit subir en ce moment.

Aimé Brichot se gratta la moustache :

— Sans doute, madame, mais la loi est la loi. C'est notre devoir d'essayer de le retrouver à temps, comme c'est le vôtre de nous aider.

Liliane Agostini leva les yeux au ciel :

— Mais en quoi ? vous vous imaginez que j'ai la moindre idée sur l'identité de ceux ou celles qui ont fait le coup ?

Boris eut une petite moue :

— Je sais, madame, je sais. Mais il faut tout tenter. Or, pour l'instant, nous n'avons rien. Et vos trois collègues présentes comme vous sur le plateau l'autre soir n'ont rien pu pour nous.

— Vous voyez...

Boris se pencha :

— Avant toute chose, il faut nous promettre le secret absolu. Comme vous avez pu le remarquer, la presse n'est pas au courant. Trop de publicité ça nous gêne toujours dans les cas d'enlèvement. Officiellement, Roland d'Anvers est parti en voyage au Maroc avec sa maîtresse qui est, elle, en cure de sommeil à l'hôpital : elle est devenue quasiment folle à lier en apprenant la nouvelle. D'Anvers sortait de chez elle.

— Je dois dire que je ne la plains pas, siffla Liliane Agostini, soudain durcie. Quand on accepte de coucher avec un homme aussi macho que lui...

— Je vous l'accorde, fit Boris, conciliant. Maintenant, il ne nous reste plus qu'à espérer que vous, au moins, vous pourrez nous mettre sur une piste. Bon, notre question est simple : connaissez-vous, ou avez-vous connu une femme, lesbienne, âgée en ce moment d'environ quarante à quarante-cinq ans, correspondant au signalement suivant : très grande, entre un mètre quatre-vingt et un mètre quatre-vingt-cinq. Athlétique, sportive. Capable d'assommer d'une manchette de karaté un homme de la taille et de la force d'Anvers. Elle était accompagnée d'une complice petite, frêle, plutôt gracile même. Mais capable de viser un retraité avec un pistolet militaire sans la moindre émotion apparente.

« C'est tout ce qu'on sait d'elles. On n'a même pas la couleur de leurs cheveux, car elles portaient évidemment des perruques. Ni même le numéro d'immatriculation de leur voiture : la plaque était, comme par hasard, couverte de boue. Ah, j'oubliais un point : l'assommeuse en blouson de cuir aurait pu passer pour un homme qui aurait mis une perruque de femme. Le retraité a été formel sur ce point comme sur l'autre : sa complice, elle, était parfaitement féminine.

Curieusement, Liliane Agostini s'était mise à baisser la tête en l'écoutant. Boris jeta un coup d'œil à Aimé l'air de lui dire : et si on avait fait tilt ?

Liliane Agostini sursauta en s'apercevant que le silence était revenu. Elle se prit la tête entre les mains, soudain très pâle :

— Mon Dieu, murmura-t-elle... Thérèse... Ça ne peut être qu'elle... Mon Dieu...

Elle fixait tour à tour Boris et Aimé, transformés en statues. Aimé reprit vie le premier :

— Je vous en prie, madame, expliquez-vous. Qui est cette Thérèse ?

Liliane Agostini faisait visiblement effort sur elle-même et ils voyaient bien quel combat se livrait en elle, tiraillée entre la haine qu'elle éprouvait pour d'Anvers et le devoir d'aider la justice.

— Eh bien, c'est simple. Vous venez tout simplement de me les décrire toutes les deux. La grande jument, c'est le portait exact d'une lesbienne qui s'appelle Thérèse Makowski. L'autre, la petite, c'est sa compagne, Chantal Hoblart.

Elle respirait très vite :

— Et elles se sont rencontrées ici. Par hasard. Chantal était venu se plaindre de son amant. Un sadique auquel elle avait échappé et qui la relançait sans cesse. Elle avait peur. Oui, je me rappelle très bien. C'était il y a six mois.

Et elle se mit à raconter d'une voix hachée : ce jour-là, c'était Thérèse Makowski qui était arrivée la première. Surexcitée, visiblement encore droguée.

— Mais si, juste au hasch. Il faut que je vous explique. Thérèse, je l'ai connue il y a dix-huit ans. Je venais de me marier très jeune et moi aussi j'étais une femme battue. Eh, oui... J'ai divorcé bien sûr et je suis très heureuse avec mon nouveau mari, mais à ce moment-là je ne savais plus à quel saint me vouer. C'était la grande époque du MLF. Alors, tout naturellement, je suis allée voir ces filles et elles m'ont aidée.

« Parmi le groupe auquel je me suis adressée, tout bêtement après la lecture d'un article sur le MLF dans *Elle,* il y avait une espèce d'ayatollah femme. Cette Thérèse. Elle était déchaînée, elle voulait mettre sur pied une véritable organisation révolutionnaire avec attentats, prises d'otages, etc. Elle faisait peur même aux plus extrémistes.

« En plus, elle avait eu un parcours bien spécial. Etudiante en médecine en mai 68, il paraît qu'elle était arrivée un jour à la Sorbonne avec un fusil de chasse chargé à la main et qu'il avait fallu quatre types pour la désarmer. Après, elle a tout plaqué et elle est partie pour Katmandou. D'où le hasch. Elle a bourlingué cinq ans à travers le monde et quand elle est rentrée à Paris, ça a été pour apprendre que ses parents étaient morts dans un accident d'avion. Ils étaient riches et elle, fille unique. Elle a hérité et elle a fondé sa propre ligue, la LFR, La Ligue Féminine Révolutionnaire. De plus en plus déchaînée, elle a même fait de la taule. Puis elle a disparu dans la nature et j'ai entendu raconter qu'elle avait appartenu un temps aux Brigades Rouges, puis qu'elle était partie s'entraîner dans un camp libyen. La dernière fois que j'ai entendu parler d'elle avant sa visite surprise, il y a six mois, on disait qu'elle était entrée dans un mouvement terroriste proche d'Abou Nidal.

— Quel parcours, comme vous dites !... s'exclama Aimé. Si c'est bien celle qui a enlevé d'Anvers, je ne voudrais pas être à sa place ! En tout cas, le portrait psychologique colle tout à fait à la déclaration téléphonée à l'éditeur au nom d'un certain Comité Révolutionnaire pour la Libération de la Femme.

Liliane Agostini pâlit de nouveau :

— Le CRLF ! Cette fois j'en suis sûre, c'est elle ! Quand elle a surgi ici, il y a six mois, elle ne parlait que de ça. Elle insultait toutes nos associations. Elle les trouvait trop molles. Elle criait qu'il fallait tout secouer et qu'elle allait s'en occuper. Elle venait me demander de l'argent, bien sûr. Ce qui me fait penser qu'elle a dû drôlement écorner son héritage.

— Bon, fit Boris. Alors, l'autre est arrivée juste après ? Je veux dire : cette Chantal ?

— Oui. Elle pleurait à chaudes larmes et c'est en présence de Thérèse qu'elle m'a fait sa confession. Du coup, redoublement de cris de haine de la part de Thérèse envers les hommes, je vous passe le détail...

Et Chantal est repartie avec elle, évidemment...

— Non. Mais Thérèse m'a brusquement quittée juste après... Je n'y ai pas pensé sur le coup, mais c'est sûr, elle l'a rattrapée dans la rue et elle a dû lui faire son boniment. Elle sait s'y prendre, Thérèse, quand elle le veut...

— Chantal n'est jamais revenue vous voir, n'est-ce pas ? fit doucement Boris. Ni cette Thérèse ?

— Non. Vous avez raison : une preuve de plus qu'elles sont bien ensemble...

Elle se leva et se dirigea vers ses classeurs :

— Je suppose que vous allez me demander leurs adresses. Pour Thérèse, je n'en sais rien. Mais elle est peut-être sur l'annuaire...

Elle se pencha et attrapa le second tome de l'annuaire de Paris.

— Tenez, cherchez de votre côté, fit-elle en le tendant à Aimé.

Elle attrapa un classeur marqué « H » et le feuilleta :

— Voilà, Chantal habite tout près d'ici. C'est sans doute pour ça qu'elle est venue nous voir. 33 rue des Archives. J'ai même un téléphone. Elle y habite peut-être encore.

Brichot se gratta la gorge :

— Ça y est : Thérèse Makowski, 26 rue de Grenelle...

Il nota sur son bloc-notes les deux adresses et les numéros de téléphone.

Boris se massa longuement le menton :

— Brigades Rouges... Camp libyen... Abou Nidal... La plaque d'immatriculation de la voiture maculée de boue... C'est une pro. On va vérifier, mais d'avance, on n'a pas la moindre chance de les trouver ni l'une ni l'autre à ces adresses. Et je suis même certain qu'elles circulent avec des faux papiers.

Il grimaça :

— Elles sont entrées en clandestinité. Voilà la vérité, à mille contre un.

Il se leva :

— Merci quand même, madame. De toute façon, vous nous avez mis en mains l'extrémité du fil. A nous de le suivre, maintenant, en essayant de ne pas le casser.

Aimé se retourna sur le seuil :

— Un point dont on n'a pas parlé. Cet homme, cette brute dont se plaignait Chantal, elle ne vous a pas donné son nom ?

— Elle n'a pas voulu. Elle a même refusé énergiquement.

— Dommage, soupira Aimé. Dommage. Des fois qu'on retrouve son nom sur la longue liste des disparus sans laisser de traces...

— Vous voulez dire, murmura Liliane Agostini, qu'avec Roland d'Anvers, elles n'en sont peut-être pas à leur premier coup ?

Aimé remonta nerveusement ses lunettes sur son nez :

— Exactement, madame. Cet esprit de vengeance totale à l'égard des machos, pourquoi ne pas l'avoir exercé sur ce type qui faisait sangloter Chantal dans votre bureau ? Une sorte de coup d'essai en quelque sorte.

*
**

Sur le trottoir, Aimé releva la tête vers Boris :

— Et si c'était d'Anvers, le type de cette Chantal ?

Boris alluma une Gallia :

— J'allais te le dire...

CHAPITRE V

La 505 Peugeot couleur crème ralentit à la recherche d'une place sur le parking du supermarché. Thérèse finit par trouver. Coup de chance, à hauteur de la pharmacie.

Thérèse coupa le contact et tendit l'ordonnance et la feuille de Sécurité sociale à Chantal.

— Il me faut de l'argent... fit doucement celle-ci.

Encore un de leurs accords : Chantal n'avait jamais d'argent sur elle. Et quand elle faisait les courses, elle devait rendre la monnaie, avec les tickets d'achat.

— C'est vrai, sourit Thérèse en fouillant les poches de son blouson dont elle sortit un billet de cinq cents francs.

Tandis que Chantal s'en allait, dansante sur ses boots à talon, la taille bien serrée par la ceinture de son imper mastic, elle alluma une brune sans filtre avec des gestes d'homme. Puis elle se mit à réfléchir. Rien dans les journaux depuis quatre jours sur l'enlèvement de d'Anvers. Sauf un entrefilet dans *France-Soir*, dans la colonne des potins : l'écrivain aurait été vu à *La*

Mamounia, à Marrakech, au bras de sa nouvelle maîtresse, une ravissante attachée de presse blonde...

— Dictée par les flics, oui, grogna-t-elle en jetant sa cendre de cigarette par la vitre baissée. Classique... La publicité les gêne toujours en cas d'enlèvement...

Elle rigola en silence, ses larges épaules secourant le blouson de cuir.

— Connards de flics, vous ne m'aurez jamais. Vous êtes des pros, mais je suis cent fois plus pro que vous...

Elle jeta un coup d'œil à la vitrine de la pharmacie. Sûr que Chantal devait faire la queue. On fait la queue aujourd'hui dans toutes les pharmacies.

Effectivement, Chantal poireautait dans la boutique.

Quand ce fut à son tour, elle tendit son ordonnance et sa feuille de Sécu tout en vérifiant machinalement de l'autre main que le col roulé de son pull cachait bien son collier. La préparatrice se concentra à la lecture de l'ordonnance.

— Mais... Vous en avez déjà acheté il y a huit jours.

Chantal soupira :

— Regardez en bas : « Renouvellement sur six mois justifié ». C'est écrit, non ?

La préparatrice la fixa. Et Chantal lut dans ses yeux ce que pensait l'autre :

« Tu viens acheter du Dolosal huit jours après en avoir acheté deux boîtes. Le Dolosal est un analgésique puissant dérivé de la morphine et classé stupéfiant au tableau B. Tu es toute pâle. Tu as les yeux cernés... »

— Ecoutez, ça suffit, jeta Chantal d'une voix méchante. J'ai ma mère qui se meurt d'un cancer de l'utérus. Elle ne peut pas tenir le coup sans ça. A chaque fois, on me fait le coup. J'en ai marre.

Elle sortit sa carte d'identité de la poche de son imper.

— Tenez. C'est bien ma gueule, non ? Alors.

La préparatrice rougit :

— Excusez-moi. Deux boîtes ?

— Oui, comme d'habitude. Deux boîtes pour empêcher ma mère de gueuler vingt-quatre heures sur vingt-quatre dans notre F4 puisqu'on ne veut plus d'elle à l'hôpital !

Thérèse tendit la main dès que Chantal se fut rassise sur le siège avant droit de la 505.

— La monnaie. Et le ticket, plus le reste.

Chantal rendit tout. Thérèse vérifia les comptes.

— Ça va. On rentre.

Elle mit le contact.

— Ouvre ton imper.

Chantal obéit, frémissante. Et maintenant, entre les pans écartés du tissu mastic, elle était nue sous le pull à col roulé.

— Ecarte.

Chantal obéit, cuisses grandes ouvertes. La main droite de Thérèse se plaqua à sa toison à peine la voiture démarrée. Pratique, la boîte de vitesse automatique : pendant que la main gauche tient le volant, la main droite est libre de faire ce qu'elle veut. Par exemple, pendant qu'on roule sagement sur la file de droite de la Nationale, fouiller le ventre offert de la fille assise à côté de vous. Qui peut vous voir faire ? Les dingues qui vous doublent ? L'herbe du bas côté ?

— Caresse-toi les seins.

Les mains de Chantal s'enfournèrent sous son pull. Elle rejeta en même temps sa nuque sur l'appuie-tête, jouant avec ses pointes, très vite durcies. Ses seins se dressaient, son ventre sauvagement fouillé la brûlait.

Elle hurla de plaisir à quatre vingt-dix kilomètre à l'heure, peu avant que Thérèse ne sorte de la Nationale pour obliquer en direction du moulin. Puis elle ne bougea plus, brisée, vaincue, folle de bonheur, mains abandonnées de chaque côté de ses hanches et son ventre nu, encore offert, secoué des derniers tremblements de plaisir.

Les pneus crissaient maintenant sur le gravier de l'allée. Thérèse coupa le contact.

— A moi, maintenant. Au salon.

Brutalement, la pluie recommençait à tomber dehors. Thérèse prit l'air contrarié.

— Zut, le parapluie est dans le coffre...

Chantal posa la main sur la poignée intérieure de sa portière :

— Je vais le chercher.

Thérèse lui sourit :

— Fais-moi plaisir. Sors à poil.

Chantal tremblait de froid, sur ses boots face au pare-brise balayé par l'essuie-glace. Intégralement nue sous l'averse d'avril. A part ses boots et son collier de chien.

Parapluie à la main.

Fermé.

Il n'y avait pas cinq minutes qu'elle était là que déjà elle pataugeait dans une énorme flaque. Cheveux collés aux tempes, ruisselante, elle claquait des dents, épaules relevées, bras vibrants contre ses hanches. Mon Dieu, si un homme lui avait exigé une telle preuve de soumission, elle lui aurait arraché les yeux becs et ongles. Mais, c'était Thérèse qui le lui avait « demandé », tendrement, avant qu'elle ne descende de voiture. Thérèse, à qui elle avait donné, librement, droit de vie et de mort sur elle. Thérèse, dont la main avait été la première à lui faire découvrir la vraie jouissance !

— Ça va comme ça, finit par crier Thérèse en baissant la vitre. Viens me chercher.

Trente secondes plus tard, Chantal vacillait de plus belle vers l'escalier, vers l'entrée. Parapluie tendu au-dessus de Thérèse. Et elle, toujours nue sous le déluge. La chute d'eau du moulin faisait un bruit d'enfer. En bas, dans la salle des machines, d'Anvers devait avoir les fesses dans la boue.

Dans la salle de bains du premier étage, Thérèse frictionna longuement, amoureusement, à la serviette, le corps aux seins bleuis de sa petite soumise. Puis elle la réchauffa au séchoir à cheveux. Câline, douce, riant quand Chantal se tortillait parce que le souffle du séchoir se rapprochait trop des seins ou de l'entrejambes.

— Recoiffe-toi et remaquille-toi, ordonna Thérèse. Grouille. Et puis change de chaussures. Mets tes vernis noirs à talons aiguilles. Grouille. J'ai envie que tu me lèches. Vite.

Elle passa dans la chambre et fit voler à travers la pièce ses chaussures d'homme, ses chaussettes, son jean et son blouson de cuir. Puis elle s'étendit, cuisses ouvertes en grenouille, en travers de la couverture de fourrure et elle déboutonna son chemisier découvrant, sur son torse puissant, deux seins ridiculement petits. Et elle attendit, avide, que la porte de la salle de bains se rouvre.

Elle frémit quand la fille nue au collier clouté, parfumée au n° 5 de Chanel, apparut et s'approcha d'elle, ce petit bout de femme de quarante-neuf kilos — Thérèse veillait à ce que Chantal n'atteigne jamais les cinquante — et de vingt-deux ans, qu'elle avait si totalement soumise, dressée.

Elle frémit encore lorsque les lourdes boucles blondes s'éparpillèrent sur son ventre et que la bouche de Chantal vint se coller sur son entrejambes, juste avant que la langue, rendue experte par des semaines d'éducation, n'écarte à petits coups savants les grandes lèvres, puis les petites, pour s'insinuer comme un serpent à l'intérieur de son sexe et s'enrouler enfin autour de son clitoris.

Chantal « joua » ainsi dix bonnes minutes. Et, subitement, Thérèse se mit à crier, ses cuisses puissantes refermées autour du visage de Chantal tout en ruant sur le lit comme une jument déchaînée, jusqu'à ce que le calme revienne et que la tempête s'apaise. Elle rouvrit les cuisses, attira sur elle le petit corps si fragile de la lécheuse au collier clouté pour lui avaler la bouche en grognant :

— Redescends. Recommence. Lèche-moi encore. Lèche...

Chantal se cabra, relevant ses mèches avec l'avant-bras pour dégager ses yeux :

— Tu ne crois pas qu'on devrait aller vérifier en bas ?

Thérèse dévorait des yeux la lourde poitrine aux bouts ronds encore tout contractés de désir.

— Oh, oublie-le un peu. Il est enchaîné. Il n'a rien mangé depuis hier. Il patauge dans la flotte. Il fait ses pages. Oublie-le pour l'instant...

Chantal insista, butée :

— Il a de la ressource. C'est un fauve. Il est capable de tenir huit jours sans manger et de te sauter dessus avec la puissance d'un tigre... Tu as tort... on devrait aller voir.

Les mains dures de Thérèse se firent douces et aimantes pour attraper les seins lourds de la Lolita de vingt-deux ans à quatre pattes au-dessus d'elle.

— Sors ta langue. Sors-la bien. Il n'y a que ça qui compte.

Thérèse fut parcourue d'une onde électrique en voyant apparaître la langue rose entre les lèvres roses.

— Tu es rose de partout, bredouilla-t-elle,

bouleversée. Rose des bouts de seins, rose de la bouche et de la langue, rose du sexe... Tu n'es qu'une rose.

Elle rit :

— Pourquoi tu n'as pas les yeux roses ? Tiens, ça n'existe pas, les yeux roses. Pourquoi ?

Elle se laissa retomber en arrière.

— La nature est mal foutue. Pourquoi les filles roses comme toi n'auraient pas aussi les yeux roses ?

Elle se tut et ferma les yeux : de la pointe de la langue, Chantal caressait le contour de ses lèvres entrouvertes. La bouche de Thérèse sentait le tabac brun, le hasch, la bière... C'était vraiment la bouche d'une femme qui a beaucoup vécu et roulé sa bosse à travers le monde.

Et pourtant Chantal la novice, plongea dans cette bouche avec passion. Qu'est-ce que ça pouvait lui faire à elle, Chantal, que la bouche de sa maîtresse soit vieille et chargée d'un passé pas toujours reluisant ! Elle l'aimait, Thérèse, et jusqu'à l'adoration, pour bien autre chose que ça ! Comme une fille de son âge tombe amoureuse à la folie d'un vieux même s'il sent le vieux, parce qu'il a un bien autre parfum de séduction que celui de la jeunesse ! Il est le maître, l'organisateur, le payeur. Il sait tout. Il sent tout. Il règle tout. Il prend tout sous sa responsabilité.

Alors quoi ? N'est-ce pas un échange de services normal que la môme ignorante passe par toutes les fantaisies de son maître pour cette merveille : l'abandon de tous les soucis, l'irresponsabilité acceptée et adorée ?

L'esclavage.

Heureux.

Mon dieu, le bonheur de ne plus avoir à décider...

Le bonheur de ne plus avoir qu'à obéir.

Comme à Thérèse.

Homme total dans le comportement avec la réalité.

Femme totale dans l'amour.

Chantal s'abattit contre la poitrine puissante de sa maîtresse, léchant tour à tour, et les mordillant, les bouts de seins réduits à l'état de pectoraux musculeux.

Ah... La chance qu'elle avait eu que Thérèse la poursuive dans la rue des Blancs-Manteaux, six mois auparavant, après cette démarche éperdue auprès de cette association à cause de ce salaud de d'Anvers !

Oublierait-elle jamais ? Le thé pris ensemble au bistrot du coin. Le cours didactique sur la saloperie des hommes. De tous les hommes. A la saouler... Puis le dîner aux chandelles dans un restaurant près de Beaubourg.

Et la nuit chez Thérèse, rue de Grenelle. Avec Mozart sur le disque laser.

Et Thérèse lui apprenant jusqu'à l'aube ce truc immense énorme, foudroyant comme l'éclair :

En amour, non seulement une femme peut être à la hauteur d'un homme, avec une autre femme.

Mais elle le dépasse.

Chantal repoussa doucement les mains de son « Jules ».

— Écoute, je ne suis pas tranquille. On devrait aller voir en bas. Et s'il faisait une connerie ?...

Thérèse ouvrit les cuisses et replia ses jambes en l'air jusqu'à ce que ses genoux touchent ses côtes. Elle tirait. A deux mains. Et Chantal, fascinée, contemplait le sexe offert de sa maîtresse.

Un sexe ouvert dans l'écartement de la toison noire. Un sexe de baleine femelle. Mouillé, frémissant. Un immense sexe de géante offert en travers du lit. Avec le clitoris déjà ressorti. Mouvant. Vivant comme s'il était seul à vivre dans cet offertoire lesbien. C'était la terre entière, le globe terrestre, la planète qui s'offrait à la caresse des lèvres !

— Je t'assure, insista Chantal. Laisse-moi descendre le contrôler...

Thérèse releva un visage extatique vers elle :

— Tu es ma drogue, fit-elle d'une voix morte. Tu as vu ? Je ne fume pratiquement plus de haschich depuis que je te connais. Je te domine, je t'ai mise au collier, je te fais trembler de froid sous la pluie, mais c'est toi qui es ma vraie maîtresse.

Elle se souleva sur les coudes. Ses épaules musculeuses se bombaient. On aurait dit un joueur de rugby nu dans sa chemise ouverte.

La géante offerte en grenouille changea de visage :

— Lèche !... oublie le connard d'en bas. Lèche ! Lèche bien...

Effectivement, trois étages plus bas, Roland d'Anvers pataugeait dans vingt-cinq centimètres d'eau. Pourtant il commençait à s'habituer au froid et à l'humidité. Sa préoccupation essentielle pour l'instant, c'était de parvenir à terminer dans les délais, c'est-à-dire avant minuit, ce soir, une punition débile que lui avait infligée Thérèse : copier dix mille fois : « Je suis un salaud de macho. Pardon ». Faute de quoi, il aurait droit, à nouveau, à toute la panoplie des tortures sexuelles qu'il endurait depuis quatre jours.

Agréable perspective...

D'ailleurs, toute cette flotte, ça l'arrangeait. La pluie lui avait donné une idée. Seulement si les deux grognasses, de retour de courses, descendaient le contrôler avant minuit, il était fichu. D'un seul coup de pie, la grande brune pouvait ruiner tous ses espoirs de sortir jamais vivant de ce cachot. Mais elles n'étaient pas descendues.

Pas encore...

Roland d'Anvers, toujours à poil, enchaîné, un collier autour du cou, les fesses encore sanguinolentes des coups de fouet reçus hier, reins douloureux, après une abominable sodomisation au godemiché, se mit à recompter, page après page, le nombre de ses « Je suis un salaud de macho. Pardon ». Dix mille fois à copier jusqu'à minuit. Bon... Il lui en restait six mille à faire. Il était dans les temps.

A côté de lui, à deux mètres cinquante maintenant, un vieux pot de Nescafé continuait sa progression. Sur le carrelage inondé...

— Pourvu, grogna-t-il tout en couvrant mécaniquement le feuillet sur son pupitre d'écolier, pourvu que la pluie continue à tomber !

Il n'y a de la veine que pour les ordures. A seize heures, le moment où, là-haut, Thérèse et Chantal s'endormaient dans les bras l'une de l'autre, vaincues, la crue de la rivière amena jusqu'aux mollets du scribe enchaîné le pot de Nescafé.

En l'attrapant, il se mit à rire comme un fou. Il la tenait enfin sa bouteille à la mer ! Son seul espoir de s'en sortir vivant ! Cela fait des heures qu'il le guettait, ce bocal de Nescafé, depuis qu'il s'était aperçu que là-bas, le long du mur, le flot de la crue le soulevait et l'entraînait vers lui !

Pour copier ses dix mille aveux avant minuit, les deux lesbiennes lui avaient refilé ce matin une plume Sergent-Major, comme autrefois, et une bouteille d'encre.

Les salopes ! Il était tout le temps obligé de tremper la plume dans l'encrier. Et il fallait faire vite. Une ligne, un chiffre. Puis le compte en bas de page. Trente lignes par page. Pour arriver à dix mille, ça faisait un peu plus de trois cent trente pages et des poussières.

Ah, il n'était pas beau à voir, l'écrivain macho aux beaux costumes élégants, le bel athlète qui se faisait faire des pipes par ses partenaires agenouillées, sûr de ses pectoraux avantageux, de ses cuisses musclées et de son ventre plat !

En quatre jours de fouet, de jeûne, de sodomisations brutales et autres humiliations diverses, le plus fier-à-bras des fiers-à-bras n'était plus qu'une petite chose nue et enchaînée, humilée, vexée, mortifiée.

Comme à Dachau.

Comme au Goulag.

Comme dans les camps viets après Diên Biên Phu.

Une fois le pot enfin récupéré, Roland d'Anvers arracha une feuille au carnet grand format de son devoir pour y gratter aussitôt un SOS frénétiquement.

« Je m'appelle Roland d'Anvers. J'ai été enlevé par deux lesbiennes dingues. Elles vont me tuer. Elle se vengent des hommes. Je suis prisonnier dans un moulin. Il y a une chute d'eau, une roue de moulin désaffectée. Il y a un énorme bruit de crue de rivière et un bruit de train de temps à autre au loin. Je ne sais pas où je suis. Mais elles vont me tuer ! Je vous en prie, si vous lisez ce message, alertez vite la police ou la gendarmerie. Je suis en danger de mort. Dans un ancien moulin où il y a une chute d'eau qui fait un bruit énorme. »

Il signa.

Puis il replia le feuillet en quatre et le glissa dans le pot de Nescafé, qu'il revissa très serré.

Roland d'Anvers essaya de maîtriser les tremblements de ses membres : il y avait une trappe, à deux mètres, l'ouverture de contrôle du flot des eaux, autrefois.

En se blessant le cou au collier de la chaîne

qui le rivait au mur, il réussit à l'atteindre. Il ouvrit la trappe. Au-dessous de lui, le flot déchaîné de la rivière. Quelle rivière ? Ah si seulement il avait pu savoir !...

Il se recula, haletant et se recroquevilla un instant sur lui-même, envahi tout à coup par un doute affreux : qui allait faire attention à ça ? Un vieux pot de Nescafé surnageant dans une rivière en crue parmi tant d'autres objets flottants...

C'est alors qu'il aperçut, sur le pupitre, à côté de l'encrier, le rouleau de ruban rose dont les deux gouines se servaient pour lui « agrémenter » le sexe...

Fébrilement, il en arracha un mètre.

Qu'il noua, artistement, autour du col du couvercle. Faisant de jolies boucles en tirant sur les extrémités pour faire « friser ».

Pourvu que quelqu'un, quelque part en aval remarque ce pot enrubanné !

D'une main frissonnante, il lâcha dans la trappe le bocal de Nescafé qui contenait tous ses espoirs de survie et regarda, les yeux écarquillé, sa « bouteille à la mer » qui s'en allait dans le bouillonnement des eaux.

Il referma la trappe et se recula jusqu'à son pupitre. Pour reprendre, plume Sergent-Major en main, la litanie de sa punition :

« Je suis un salaud de macho. Pardon ».

L'obliger, lui, Roland d'Anvers, auteur de best-sellers vendus à des millions d'exemplaires, à écrire dix mille lignes de cette phrase ridicule !

Et puis quoi, au bout ?

La castration !

Promise par cette dingue de quatre vingt-cinq kilos !

Roland d'Anvers se dépêcha d'accélérer son travail d'écriture : jamais il n'arriverait à dix mille avant minuit !

Il s'immobilisa, le cœur battant la chamade : on descendait dans l'escalier.

Thérèse se redressa au-dessus de lui.

— Arrête de gratter comme un malade. Je me fiche pas mal de tes dix mille aveux.

Elle se tourna vers la petite mignonne toute nue sur la dernière marche de l'escalier :

— Attache-moi le godemiché. Je vais te l'enculer, le Roland d'Anvers.

Elle ricana.

— Je vais te l'enculer jusqu'à ce qu'il n'ait plus de fion.

L'ex-dresseur de filles se courba comme on lui ordonnait. Les fesses tendues vers le godemiché de sa kidnappeuse.

Il hurla quand le membre de plastique lui força le chemin des reins, propulsé par un coup de hanches du rugbyman.

— Gueule, pauvre mec, grinça Thérèse, gueule chaque fois que tu veux.

Réfugiée, accroupie au fond de la salle des machines, Chantal se mangeait les poings :

devant elle, là-bas, le mec sodomisé au godemiché par Thérèse gueulait exactement quand Thérèse le voulait.

Chantal s'enfonça les trois premiers doigts dc la main dans la bouche et elle se mit en boule sur sa marche d'escalier, les pieds dans l'eau, pour mieux jouir du spectacle de Thérèse défonçant à grands coups de hanches les fesses de Roland d'Anvers.

Bon Dieu, comme c'était doux, de l'entendre gueuler plus fort que la chute d'eau, cette ordure de macho. Bon Dieu !

Sa main droite se plaqua à sa toison et l'index fouilla aussitôt.

CHAPITRE VI

Décidément, Boris et Aimé n'arrêtaient pas d'arpenter les rues du quartier du Marais... Aimé ressortit son bloc-notes :

— Voilà, l'immeuble en face. Le numéro 33.

Boris examina la maison. Elle devait être classée. Un portail superbe s'ouvrait sur une cour profonde d'ancien hôtel particulier. A gauche, une galerie d'art contemporain avec, en vitrine, un assemblage compliqué de ficelles et d'ours en peluche tournoyant sur lui-même. Les boîtes aux lettres étaient à droite en entrant sous la voûte. Il y en avait vingt-cinq à trente. Ils se concentrèrent tous les deux :

— Là, fit Aimé en tendant l'index. La deuxième boîte en haut à droite.

Oui, c'était bien le nom : Chantal Hoblart.

— Espérons qu'on va trouver un truc utile, soupira Aimé.

Rue de Grenelle, à l'adresse donnée dans l'annuaire pour Thérèse Makowski, ils avaient fait chou blanc... La géante avait déménagé six mois auparavant. Et sans donner d'adresse pour faire suivre son courrier, comme de bien entendu... Quand on entre dans la clandestinité, on y entre pour de bon.

— Pour l'instant, on ne sait même pas à quel étage habite au juste cette Chantal..

Il chercha un plan par étages... Rien. Une porte s'ouvrit à côté d'eux. Le concierge, un bon bougre de quinquagénaire, soupçonneux, un chien-loup tenu serré en laisse :

— Vous cherchez quelqu'un ?

— Oui, fit Boris en lui montrant sa carte plastifiée tricolore. Police. Nous cherchons une certaine Chantal Hoblart.

Le concierge s'était brusquement radouci :

— Elle a des ennuis ? fit-il gourmand. Oh, remarquez, ça ne m'étonne pas. Depuis qu'elle a connu cette femme, cette folle, elle n'est plus la même... C'est pour une histoire de mœurs que vous la cherchez, n'est-ce pas ?

— Dans un sens, oui, répondit évasivement Boris.

Et il y alla de sa question, certain d'avance de la réponse :

— Elle rentre chez elle, en ce moment ?

Le concierge repoussa son chien dans sa loge et referma la porte :

— Eh bien, non justement... Désolé, mais il y a bien un mois que je ne l'ai pas vue. Elle n'a même pas payé son dernier terme.

Boris alluma une Gallia, résigné :

— Elle fait quoi dans la vie ? Vous le savez ?

— Oui, elle travaille aux PTT, rue du Louvre. Quelque chose comme secrétaire d'un chef de bureau, je crois.

L'œil de Boris s'alluma :

— Merci, c'est déjà ça.

Il tira une petite bouffée de sa cigarette :

— Tout ça restera entre nous, bien entendu, mais comme vous avez vous-même parlé d'homosexualité, je voudrais vous demander : vous l'avez toujours vue avec des femmes, cette Chantal Hoblart ?

Le concierge prit l'air grivois :

— Non. La grande brune, c'est la première. Avant, elle avait des flirts, des garçons de son âge. Et puis, l'année dernière, je l'ai vue arriver au bras d'un homme que j'ai tout de suite reconnu. L'écrivain Roland d'Anvers. Vous pensez, on le voit souvent à la télé. Tenez pas plus tard que l'autre semaine, même. Quelle bagarre, entre parenthèses...

Aimé et Boris se regardèrent, figés : Ainsi, c'était bien à cause de lui que Chantal avait franchi en larmes le seuil de l'Association de défense des femmes. La boucle était bouclée : les deux lesbiennes ne l'avaient pas enlevé que pour le punir de ses déclarations scandaleuses lors du débat télévisé, mais aussi à cause de ce qu'il avait dû faire subir à Chantal.

— Il venait souvent la voir ? lança Aimé Brichot.

— Deux ou trois fois par semaine. Les autres jours, elle devait aller chez lui parce que je la voyais passer moins souvent.

— Elle avait l'air heureuse ?

— Au début, oui. Et puis elle a changé. Elle était renfermée. Elle ne me disait même plus bonjour. Et puis, il y a six mois environ, je l'ai vue rentrer à sept heures du matin en sanglots. J'ai voulu la consoler ; elle pourrait être ma fille, vous comprenez ? Alors, elle a eu une réaction qui m'a laissé comme deux ronds de flan : elle s'est mise à hurler, les yeux hors de la tête, que les hommes étaient des salauds, tous ! Avant de s'enfuir en courant vers son escalier.

« Après, je n'ai plus jamais revu l'écrivain. Si, sauf une fois : un après-midi, il est venu glisser un mot dans sa boîte. Il avait l'air dur, les mâchoires serrées. Et si je peux me permettre, je lui ai trouvé une sale gueule. Et je me suis demandé pourquoi Chantal criait que tous les hommes étaient des salauds. A mon avis, il avait dû très mal se conduire avec elle.

Il s'arrêta les sourcils relevés :

— Ce ne serait pas à cause de lui, des fois, que vous cherchez à rencontrer Chantal ?

Boris fit non de la tête :

— Pas du tout. On a juste un renseignement à demander à cette jeune femme pour une enquête qui ne la concerne qu'indirectement. Mais dites-moi, vous parlez d'une grande brune qui venait voir Chantal après l'écrivain. C'était longtemps après ?

— Oh, non ! Dans les quelques jours qui ont suivi cette lettre de lui dans la boîte. Comme par hasard.

Il soupira :

— Ah, mon Dieu, les femmes... Une déception d'amour et les voilà qui tournent parfois casaque ! Si ce n'est pas malheureux... Elle était si gentille, avant tout ça, Chantal ! Tenez, elle n'oubliait jamais de me souhaiter ma fête le jour de la saint Marcel. Mais elle était émotive, fragile. Je vois ça comme si j'y étais : cette grande gouine l'a prise dans ses filets et l'a retournée comme une crêpe.

Il hocha tristement la tête en répétant :

— Si ce n'est pas malheureux... Et allez savoir ce qu'elle est devenue ? Jamais, elle n'oubliait de payer son loyer le premier de chaque mois. Jamais. Faut-il que l'autre l'ait transformée...

*
**

La secrétaire qui les précédait dans le couloir était du genre allumeuse. Elle avait tout de suite fait tilt sur Boris quand ils avaient fini par arriver jusqu'à elle, de service en service dans cet immense paquebot qu'est la grande poste centrale, rue du Louvre. Une femme ne tortille pas naturellement des fesses en marchant. Elle ne le fait que pour « dire » à l'homme qui la suit : « Reluque-moi bien. J'aime ça ». Et ça ne veut pas forcément dire : « File-moi un rancart ».

La fille leur désigna une porte numérotée avec le nom du type sur une plaque.

— C'est là.

Puis elle s'en alla, roulant toujours des hanches. Oui l'allumeuse type, et rien que ça.

Boris frappa à la porte. Après qu'on leur ait dit d'entrer, ils eurent droit au petit préliminaire habituel avec le chef de service, un grand mou qui se mangeait de temps en temps une peau d'ongle : déclinaison des titres et grades, exhibition des cartes plastifiées et tout de suite le baratin, le plus vague possible :

— Nous avons besoin de rencontrer, commença Aimé, une employée des PTT qui travaille sous vos ordres, Chantal Hoblart. Rien qui ne la concerne directement, mais elle connait une personne sur qui nous avons besoin de renseignements. Pure enquête de routine.

Le chef de service prit le temps d'avaler sa peau d'ongle :

— Vous n'avez pas de chance. Elle est en arrêt de travail. Un congé de maladie de quinze jours.

Aimé jeta un coup d'œil à Boris, l'air de lui demander « Ça t'étonne ? ».

— D'ailleurs, je dois dire, reprit le fonctionnaire, que j'ai pas mal à me plaindre d'elle depuis quelque temps. Jusqu'il y a sept à huit mois, c'était une employée modèle, toujours à l'heure, active, d'humeur égale. Et puis, elle a changé. Elle s'est mise à paresser, à arriver en retard... Elle était devenue triste. Une fois, je l'ai surprise à sangloter. C'était, il y a six mois environ. J'ai essayé de lui parler et figurez-vous qu'elle m'a envoyé balader à la limite de la correction !

« Bon, j'ai écrasé. Visiblement, c'était une peine de cœur. Mais après, ça n'a plus du tout été pareil. Elle est devenue frondeuse, elle répliquait. J'ai dû lui donner un avertissement.

Réponse : un arrêt de travail est arrivé le lendemain. Quinze jours, comme en ce moment. Puis quinze jours encore juste avant Noël. Au moment où il y a le plus de travail chez nous. Gentil pour les collègues...

Aimé se gratta la moustache :

— Vous dites qu'elle tombe malade comme ça, brusquement ? Est-ce qu'elle a l'air souffrante les jours précédents ?

Le chef de bureau se pencha :

— Mais non, justement ! Vous pensez si j'ai l'habitude des problèmes d'absentéisme. Je flaire les coups montés les doigts dans le nez.

Il secouait la tête :

— Si j'avais cru ça possible de sa part, elle si sérieuse autrefois !

Il secoua la main :

— Tous ces médecins qui font des arrêts de travail de complaisance... C'est la plaie, la plaie... Qu'est-ce qu'on attend pour contrôler tout ça... Tiens, celui qui lui signe ses arrêts de travail à Chantal, j'ai bien envie de le signaler à la Sécu, moi.

— Parce que c'est chaque fois le même ? demanda Boris doucement.

Il réfléchissait : Thérèse Makowski avait commencé des études de médecine avant Mai 68... Peut-être n'avait-elle par perdu tout contact avec le monde médical ?

— Bien sûr ! Toujours le même. Et en plus, c'est un cancérologue. Vous n'allez pas me dire qu'on est malade, comme ça, quinze jours de temps à autre, quand on a un cancer, pour avoir l'air d'être en pleine santé le reste du temps !

Il se bloqua net, changé :

— Mais au fait, pourquoi ça vous intéresse tant que ça les arrêts de travail de Chantal ? Allons, dites-moi la vérité : c'est sur elle que vous enquêtez, n'est-ce pas ?

Boris attendit trois secondes et puis :

— Oui, reconnut-il.

L'autre avait pâli :

— C'est grave pour elle.

— Peut-être, mais excusez-moi, je ne peux pas vous en dire plus. Et je vais même vous demander de garder la plus grande discrétion au sujet de cet entretien. C'est très important.

Il planta ses yeux noirs dans ceux du chef de service :

— Monsieur, nous avons besoin du nom de ce médecin. Et le plus vite possible.

En face de lui, le fonctionnaire respirait par saccades :

— Ça alors... Ça alors... Quelle histoire...

Il décrocha son téléphone en cherchant un numéro intérieur sur la liste collée sur le coin gauche de son bureau.

— Un instant, fit Boris. Que faites-vous ?

L'autre le fixa, désorienté :

— Eh bien, ce que vous me demandez... J'appelle la personne chargée des dossiers médicaux aux services sociaux des PTT, pour qu'elle m'apporte le dossier de Chantal.

Boris secoua la main :

— Surtout pas. Cette personne va nous voir.

Elle risque de se poser des questions. Non, je vous l'ai dit : il faut garder le secret le plus total. Désolé, mais il faut que vous y alliez vous-même. Prenez un prétexte quelconque et rapportez-le ici.

Le chef de service eut une moue conciliante :

— Très bien. Comme vous voudrez.

A peine redescendu dans le grand hall de la Poste centrale, Boris se dirigea vers la première cabine venue et sortit sa télécarte de sa poche :

— Qu'est-ce que tu manigances ? s'intrigua Aimé dans son dos.

— J'appelle le toubib, gros malin, je lui demande un rendez-vous d'extrême urgence, fit Boris, tout en introduisant sa carte, puis il composa le numéro et attendit, écouteur collé à l'oreille.

Dix secondes plus tard, il lâcha un juron :

— La ligne est occupée ou il est sur répondeur ? s'inquiéta Aimé. Il est peut-être en vacances...

— Pire que ça, gronda Boris en lui tendant le combiné. Aimé le colla à son oreille et jura à son tour. A l'autre bout de la ligne, une voix mécanique répétait :

— Le numéro que vous avez composé n'est plus en service... Le numéro que vous avez compo... »

Clac. Aimé avait raccroché.

— Merde, merde, répéta-t-il.

Boris ne l'écoutait plus. Parti en courant vers

les annuaires enchaînés à leur tablette. Vite, la lettre O… Voilà Ordre des Médecins. Il mémorisa le numéro et refonça à la cabine :

— Cinq heures moins dix, encore une chance que ça réponde.

— Quoi, à la fin ? s'exclama Aimé.

Boris réintroduisait sa carte et pianotait nerveusement les touches.

— Tu vas tout de suite piger, fit-il en attendant qu'on décroche.

— Allô ?… L'Ordre des Médecins ?… Excusez-moi de vous déranger mais vous seuls pouvez me renseigner : j'ai besoin de joindre d'urgence le docteur Paul Fraignot, mais il a dû changer son numéro. Celui que j'ai n'est plus attribué… Merci, madame…

Il se tourna vers Aimé :

— Elle est partie chercher…

Trente secondes d'attente.

— Allô, oui… Quoi ? Non, ce n'est pas vrai !… Eh bien… Merci quand même et au revoir, madame.

Il raccrocha lourdement et, la tête toujours penchée sur le combiné pendant qu'il récupérait sa télécarte :

— Mémé… Accroche-toi bien à ta cravate à pois… Le docteur Paul Fraignot est mort depuis un an !

*
**

Les yeux du commissaire divisionnaire Charlie Badolini s'arrondirent comme des soucoupes :

— C'est grave ce que vous me racontez...

— Oui, patron, fit sombrement Boris. On avait une piste, un nom, celui d'un médecin complaisant et pouf, tout nous claque dans les doigts...

Il hocha la tête :

— C'est une pro du terrorisme, cette Thérèse. Une pro de tous les trucs tordus. Elle a dû venir un jour consulter ce toubib et profiter d'un moment où il s'absentait de son cabinet pour aller chercher un médicament à côté, je ne sais quoi, pour lui substituer quelques ordonnances et feuilles d'arrêt de travail...

Aimé toussota :

— Panique pas comme ça, Boris. Il y a une autre solution. Rappelle-toi : Thérèse était étudiante en médecine avant Mai 68. On l'est souvent de père en fils ou en fille, dans ce métier. Ou d'oncle en nièce, par exemple.

Il se gratta le front entre les deux sourcils :

— Je ne sais pas, moi : Fraignot était peut-être l'oncle de Thérèse. Elle aura pris les ordonnances chez lui après sa mort. Sans oublier le Vidal [1].

— Pas bête, reconnut Boris. On va chercher de ce côté-là...

— C'est déjà fait, reprit Aimé. Pendant que tu allais te laver les mains à notre retour ici, j'ai appelé Martin aux RG [2]. Une pétroleuse du style

1. Dictionnaire des médicaments, à usage strictement réservé aux médecins.

2. Renseignements Généraux.

Thérèse Makowski, tu penses qu'ils doivent avoir sur elle une fiche de quinze pages.

Le téléphone de Charlie Badolini sonna.

— Allô ?... Oui, il est ici. Je vous le passe.

Aimé se leva :

— Excusez-moi, patron, mais je me suis permis de lui donner votre ligne. Il n'en avait que pour cinq minutes. Allô ? Oui, c'est Brichot. Alors ?

Boris et Badolini guettaient son visage. Un petit sourire plissa les lèvres fines d'Aimé Brichot.

— Merci, mon vieux. Tu as fait fissa. Merci... Au fait, tu peux m'envoyer toute la fiche au plus vite ? OK, je sais, je ne t'appelle plus que lorsque j'ai besoin de toi... Écoute vieux, on se fait une bouffe bientôt ? J'aurais peut-être des trucs intéressants à te raconter... Sur cette fille ? Mais bien sûr, flicard.

Il raccrocha :

— J'avais raison, Fraignot était l'oncle de Thérèse Makowski. Son seul oncle restant. Elle a donc eu accès à son cabinet sans aucun problème.

— Mes félicitations, crachouilla Charlie Badolini dans son mégot.

Il se leva et fit le tour de son bureau pour marcher en rond autour des fauteuils de ces deux inspecteurs.

— Mais, attention, elle ne va probablement pas de sitôt se resservir des ordonnances de son oncle... C'est une pro, on l'a tous pigé. Elle va se méfier. Et puis, pourquoi en aurait-elle besoin en ce moment ?

Boris se tordit le cou pour mieux le suivre du regard :

— Pour droguer d'Anvers, par exemple. Ou pour le torturer médicalement. En lui faisant avaler des doses massives de médicaments dangereux. Pour le transformer en loque.

— Possible. Mais c'est risqué... Elle a dû mettre dans ses schémas la possibilité que vous ayiez, comme vous l'avez fait, mis le doigt sur les arrêts de travail bidons de sa complice. Et que, comme nous allons le faire, l'ordre des pharmaciens va être alerté, avec message à passer d'urgence à toutes les pharmacies, sur la possibilité d'une présentation d'ordonnance signée par un médecin mort depuis un an.

Dans ce cas, à quoi ça vous sert d'avoir découvert ce truc-là ?

Il s'arrêta net en face d'eux :

— Hein, je vous le demande...

Boris poussa un soupir :

— D'accord, patron, elle a peut-être prévu le coup. Et fait sa provision avant. Mais n'oubliez pas que c'est une droguée. Seulement au hasch, paraît-il. Moi, je veux bien, mais quand on a le parcours Katmandou derrière soi, on a touché à toutes les drogues. Je serais bien étonné qu'elle se contente de fumer du hasch. En cavale comme elle est, et rendue dingue d'avoir d'Anvers en sa possession, elle doit se camer à fond. Ne serait-ce que pour multiplier son plaisir de le torturer.

« Souvenez-vous de sa voix dans l'enregistrement de son appel à l'éditeur. Si ce n'était pas une voix de camée, ça, je veux bien être muté aux Archives, moi !

Il s'arrêta :

— Mémé, on retourne dare-dare aux AR [1] et rappelle tout de suite Martin. On n'a pas le temps d'attendre.

Mémé s'étonna :

— Mais il doit nous envoyer la fiche dans moins d'une demi-heure !

— Rappelle-le, je te dis..

— OK, fit Aimé en se levant. Mais pour lui demander quoi ?

— Il a peut-être laissé une veuve, ce toubib et, dans ce cas, elle sait peut-être des trucs utiles sur cette Thérèse de malheur. Elle l'a peut-être revue il y a pas longtemps. Tu piges ?

Aimé Brichot raccrocha :

— Bien vu. Il a une veuve et j'ai son adresse et son téléphone.

Les yeux de Boris se durcirent :

— Appelle-la. Prends rendez-vous le plus vite possible. Pendant ce temps, je croise les doigts pour qu'elle soit chez elle.

1. Affaires recommandées.

CHAPITRE VII

Et ce bruit d'eau... Ce flot perpétuel en cascade... Sans arrêt... Toute cette eau libre coulant vers la liberté... Où était le pot de Nescafé, la bouteille à la mer ?... Accroché à une branche, bloqué au bord d'un trou à ragondins ?... Où est-ce que l'eau, l'eau au vacarme lancinant, qui lui faisait battre le sang dans les oreilles, ne s'était pas infiltrée dans le pot, goutte après goutte, effaçant son SOS, qui ne serait plus qu'un buvard illisible au cas où quelqu'un aurait la curiosité de l'ouvrir ? Pour le rejeter à la rivière après un hochement de tête...

Cloc, fit la goutte d'eau sur le front de Roland d'Anvers. Et il frissonna de tout son corps sur l'établi où il était enchaîné sur le dos, poignets et chevilles tirés par les bracelets d'acier qui lui gonflaient la chair abominablement.

Cloc. Une nouvelle goutte d'eau sur le front. Il sursauta à nouveau : ça en faisait combien depuis ce matin, de ces gouttes d'eau qui s'écrasaient sur son crâne à intervalles réguliers depuis qu'elles l'avaient attaché sur l'établi après l'avoir anesthésié au tampon d'éther ?

Avec le seau suspendu juste au-dessus de sa tête. Rempli d'eau. Un petit trou au fond. Un petit trou de rien du tout.

Cloc.

Une nouvelle goutte. La combientième ? Ce matin, elles avaient inauguré une nouvelle étape du supplice, celui que les Chinois ont inventé et dont Roland d'Anvers avait fait des pages et des pages dix ans plus tôt dans un livre qui avait été son premier à dépasser les trois cent mille exemplaires vendus. Le supplice de la goutte d'eau.

Tout gentil. Tout simple. Pas cher.

Et qui finit par rendre fou.

Par recevoir chaque nouvelle goutte, cloc, comme une décharge de cent mille volts. Cloc...

Au début, il avait calculé. Histoire d'essayer de maîtriser la situation. A son avis, l'intervalle entre chaque goutte était de dix secondes. Puis, Chantal, sa Chantal, était descendue décrocher le seau pour le remplir à nouveau.

Elle était nue au-dessus de lui, sur un escabeau. Comme tous les jours, elle portait son collier de chien autour du cou, ce fameux collier qu'il n'avait jamais réussi à lui faire accepter de porter... Bon Dieu, qu'est-ce qu'elle était bandante ! Ah s'il avait pu encore bander... Oh, ce n'était pas tellement de régime de famine auquel elles le soumettaient, quelques petits pots pour bébé par jour, à la cuiller et à genoux, qui l'en empêchait. Non, c'était la honte, la honte atroce d'avoir été piégé par des femmes.

D'être dominé par des femmes !

Dont l'une avait été son esclave, qui plus est ! Le seul ratage de sa vie dans ce domaine !

Avant de remonter suspendre le seau, Chantal avait bricolé le trou. Au chewing-gum. Pourquoi ?

Après, elle s'était mise à jouer de la main avec le membre, entre les cuisses écartelées en chantonnant :

— Flanelle, fla-nel-le... Tu n'es plus que flanelle...

Puis elle avait brusquement tiraillé et tordu son sexe méchamment :

— Ordure... On va te l'arracher, ta fameuse bite. On va te les bouffer, tes couilles. Tu seras creux comme nous !

Elle avait recommencé à chantonner tout en lui pinçotant les tétons avec les ongles, durement :

— Tout creux, le bandeur... Tout creux... Et même pas de seins, même pas... Beurk, l'eunuque puant !

Elle était partie d'un rire dément :

— Eu-nu-que ! Eu-nu-que ! On va faire de toi un eunuque !

Et elle tournoyait autour de l'établi en tiraillant son membre jusqu'à le faire geindre.

Brusquement elle s'était arrêtée, lui caressant le visage avec ses lourdes mèches blondes :

— Tu vas voir comme tu seras heureux ! Tu feras la bonne, la cuisine, le ménage et tout. Repassage, récurage, couture... Tout nu... Découillé... Démembré... Libéré des problèmes de bandage, quoi ! Heureux. Esclave et heureux !

Elle s'était redressée et se caressait les seins devant lui :

— Tiens, on a oublié de te faire sucer. Qu'on est bêtes ! Il va falloir que j'en parle à Thérèse. On va te faire sucer le godemiché. Ça sera d'un drôle !

Elle avait les yeux qui roulaient, un regard d'hallucinée.

Droguée...

Puis elle était repartie, après une brusque paire de claques.

Et Roland d'Anvers avait de nouveau « ressenti » la chute des gouttes sur son front.

Cloc...

Et l'attente...

Impossible de ne pas attendre, de ne pas guetter, le cœur cognant dans la poitrine. Huit secondes, neuf secondes, dix...

Rien...

Cloc.

Douze secondes...

Cloc...

Douze secondes.

Cloc...

Il sentait la folie le gagner ! La folie qu'il avait décrite pendant des pages et des pages en salivant sadiquement.

Cloc...

Roland d'Anvers se mit à pousser un hurlement de bête préhistorique. Sans pouvoir s'arrêter.

Cloc...

Et il recommença à hurler.

Cloc...

Un spot s'illumina au-dessus de lui, suspendu au plafond juste à côté du seau infernal. Il cilla, ébloui, haletant. Le cerveau en bouillie, le cœur au bord d'éclater dans la poitrine. Luttant de toutes ses dernières forces contre un désespoir aussi terrifiant que ceux des cauchemars d'enfance, quand deux sorcières se penchent au-dessus de votre lit, qu'elles ont arraché les draps et qu'on est tout nu sous leurs yeux, incapable de la moindre défense !

Thérèse leva la main, au-dessus de son visage. De sa paume ouverte, elle fit un parapluie au-dessous de ce terrible goutte-à-goutte.

— Demande-moi pitié.

Il bavait, il se tordait. La tête battait de chaque oreille le bord de l'établi.

— Demande-moi pitié !

Roland d'Anvers se mordit les lèvres au sang. Réellement.

— J'enlève ma main, menaça Thérèse.

Un cri lui sortit de la gorge comme une panique d'enfant.

— Non, non !

— Dis : Pitié, insista Thérèse.

Roland d'Anvers dévora des yeux la longue main sèche qui se reculait peu à peu. Les gouttes tombaient sur les doigts, sur les bouts des doigts ! Ça allait recommencer !

Il s'abandonna complètement.

— Pitié, murmura-t-il.

Une fois le seau enlevé, il assista, hagard, au spectacle de ces deux hystériques complètement à poil qui dansaient la Carmagnole autour de lui en hurlant :

— Pitié ! Il a dit : Pitié ! Ça y est ! Il l'a dit !

— Bon, fit Thérèse. Tu as été sage. Tu vas avoir ta récompense. On te doit bien ça. Roland d'Anvers le macho, l'enculeur, le fouetteur, l'humiliateur, qui demande pitié à des femmes, ça vaut bien un su-sucre, hein !

Elle lui releva la tête :

— Enfin, quand je dis un su-sucre, c'est une façon de parler. Mais tu vas vite comprendre.

Elle se pencha sur lui, lui essuyant le front avec un Kleenex.

— Pauvre chou, tu as eu une dure journée !

Elle se releva :

— Vrai, quand même, on est assez dégueulasses avec toi. On te mène à la dure. Faut un peu de répit de temps à autre, non ?

D'Anvers détourna la tête : les pupilles de Thérèse qu'il rêvait d'étrangler à chaque battement de son cœur depuis son kidnapping, étaient encore plus brillantes que celle de Chantal tout à l'heure.

— Arrête ton char, fit-il. J'ai demandé pitié. Tu m'as eu. Qu'est-ce que tu prépares encore ?

Thérèse joua les offusquées :

— Mais rien de bien méchant, mon chou. Je t'assure.

Nue comme elle était, elle avait vraiment l'air

d'un homme avec ses épaules musculeuses, ses hanches étroites, ses cuisses bombées.

Seulement, il y avait, à la place des pectoraux, deux petits seins pas plus gros que des mandarines. Avec des bouts en boutons de culotte. Et rien entre les jambes, sous la toison bouclée noire du pubis. Rien.

Dehors, la ruée de la chute d'eau continuait. La pluie avait recommencé. Quand est-ce que le déluge s'arrêterait ? Les deux lesbiennes pataugeaient dans l'eau. Roland d'Anvers frissonnait de froid dans cette atmosphère glacée, humide. Pas elles évidemment. Tant elles étaient complètement camées.

Non qu'elles fussent au bord de l'overdose, elles étaient « normalement » camées, au juste niveau, comme le sont les vrais *junks* [1] qui savent maîtriser leurs doses. Comme l'alcoolique dont les mains tremblent à jeun, et qui vous découpe une aile de poulet en artiste quand il a sa dose de pinard dans le sang.

— Chantal, mon amour ? fit gaiement Thérèse, tu me passes le collier ?

Chantal se précipita ; ses seins mouvants tressautaient à chaque pas. Elle tendit à sa « femme » l'objet qu'elle lui demandait.

Thérèse attrapa.

— Aide-moi, s'il te plaît. Relève-lui la tête. Qu'il voit bien...

La nuque brutalement soulevée par les mains de Chantal, Roland d'Anvers écarquilla les

1. Américanisme qui désigne les intoxiqués à la drogue.

yeux : cette salope de quatre-vingt-cinq kilos, qui l'avait assommé comme un bœuf boulevard Edgard-Quinet, qui l'avait obligé à demander pitié tout à l'heure, juste pour survivre au supplice chinois de la goutte d'eau, lui soulevait le membre :

Son membre, sa fierté ! Sa chose qui se gonflait dans les trois secondes à la seule vue d'un cul de fille soumise ouvert à deux mains sous lui ! Son trésor, son piège à filles, son sexe de taureau toujours prêt à repartir à l'assaut !

Il se cabra furieusement sur son établi. Mais très vite, il renonça. Vaincu par les privations de nourriture, par le supplice de la goutte d'eau depuis l'aube, et surtout, surtout, vaincu par le « pitié » arraché de ses lèvres baveuses tout à l'heure...

Thérèse avait délicatement soulevé le membre de la main gauche.

Il était tout mou, le fameux piège à filles, tout rétracté. Fripé, minable. Elle n'eut pas beaucoup de mal à enfiler le collier.

Un collier de serrage à tuyau d'arrosage. Avec des crans et une tête de vis.

Elle engagea le collier jusqu'à mi-parcours du membre.

— Tournevis ?...

Chantal tendit l'outil tout en continuant à soulever de l'autre main la nuque de l'écrivain pour qu'il continue à bien voir ce qu'on lui préparait.

Maintenant, le tournevis tournait entre les

doigts de Thérèse jusqu'à serrer le collier métallique au diamètre exact du membre, sans serrer plus. Juste pour qu'il se maintienne bien en place, à mi-distance entre la base et le gland encore caché par le prépuce.

Thérèse se recula :

— Voilà. La petite récompense est en place...

Elle se pencha, câline sur Roland d'Anvers :

— Mon chou, sussura-t-elle, regarde comme il est mignon, ton petit kiki avec son petit collier de rien du tout ! Mais regarde-moi ça ! Regarde ! C'est-y pas mignon, une queue de macho avec un nœud-nœud à vis !

Derrière Roland d'Anvers, Chantal riait à pleine gorge tout en lui soulevant la tête à lui coller le menton dans le poitrail. Ivre de Dolosal. Ivre de vengeance. Ivre d'admiration effrénée pour Thérèse.

— Passe-moi la bouteille, ordonna Thérèse.

Chantal attrapa ce qu'on lui demandait sur la table voisine.

— Regarde bien, fit Thérèse en agitant le flacon sous les yeux de sa victime, ta récompense, celle que je t'ai promise.

Elle décapsula le couvercle et l'embout nasal apparut. Elle secoua le flacon.

— Ça va aider à détruire un peu plus la couche d'ozone, mais au point où on en est tous, qu'est-ce qu'on en a à foutre, hein ?

Roland d'Anvers n'avait rien à dire, rien à répondre. Il avait reconnu le flacon, terrifié. Une bombe à Poppers, ce truc d'enfer à vaporisateur d'aphrodisiaque qui désinhibe et fait automatiquement bander les bègues de l'érection. Un truc qui vous donne, dans les trois minutes, le temps de l'ingestion sanguine du produit, une queue de Casanova. Énorme ! Gorgée de sang !

— Pas ça, bredouilla-t-il. Pas ça. J'ai demandé pitié. Pas ça avec le collier de serrage. Pas ça. C'est dégueulasse.

Chantal se pencha au-dessus de lui, le visage déformé par la rage :

— Tu n'as pas été dégueulasse avec moi ? Tu as déjà oublié ? La cravache au sang sur mes fesses quand je n'ai pas voulu de ton collier. Et l'enculage après. Quand je ne voulais plus ! Le viol !

Il reçut le crachat dans l'œil gauche :

— Je te tiens, tu n'as pas pigé ? gueula Chantal d'une voix démente. Je te tiens grâce à elle. Sans elle je n'aurais jamais pu me venger ! Et tu voudrais que je n'en profite pas ? Connard, va !

Chantal releva la tête vers Thérèse, ses seins libres tremblaient, encore tout secoués par les halètements de ses poumons.

— Fais-moi plaisir, je t'en prie, double la dose. Je veux qu'il crève, d'accord, mais je veux qu'il souffre avant.

Elle se cabra.

— Je veux qu'il souffre énormément !

— Et elle avait la voix d'une jeune louve qui hurle sa haine vers les étoiles.

Thérèse s'immobilisa ; du bout de l'index gauche, elle soulevait la narine droite de l'écrivain.

— Tiens, je n'aurais pas cru ça de toi... Tu ne sais pas qu'il existe des ciseaux à bouts ronds pour couper les poils du nez ? Tu me déçois, Don Juan... Mais que je suis bête ! Le macho, il s'en fout de plaire ou de déplaire, le macho, il a le nez plein de poils et le fouet à la main !

Elle enfourna la canule de sa petite bouteille dans la narine droite de Roland d'Anvers. En même temps, Chantal plaquait sa main droite sur la bouche. Et bloquait la narine gauche de l'autre main. Thérèse attendit tranquillement que sa victime s'étouffe.

Et, juste au moment où d'Anvers, au bord de l'asphyxie, inhalait une bouffée d'air, elle lui lança dans la narine une longue giclée de Poppers.

Elle attendit quelques secondes, puis passa à l'autre narine en utilisant le même scénario.

Et Roland d'Anvers aspira de nouveau le poison à faire bander.

Même si on ne le veut pas.

Thérèse referma le bouchon du flacon et se recula : Eh bien, il ne reste plus qu'à attendre.

Dehors, la hulotte criait, les chauves-souris frôlaient le lierre avec des petits cris paniqués. Le niveau de la rivière montait toujours. La vieille roue à aubes du moulin n'allait bientôt plus pouvoir résister. Imperturbables, les rossignols gueulaient leur trilles d'amour dans les frênes.

Pour Roland d'Anvers, sous le regard des deux lesbiennes penchées sur lui, attentives, c'était le moment du Golgotha.

Curieusement, il ne perdait pas contact avec la réalité. L'autre réalité.

Le gargouillis subit de la trappe où il avait jeté, la veille, sa bouteille à la mer emportée par la crue.

Les hurlements hystériques des deux gouines clapotant nues autour de lui dans la mélasse.

Et cette odeur... Cette odeur de salpêtre revigoré par l'humidité renouvelée, dans cette cave qui allait devenir son tombeau !

Roland d'Anvers commença vraiment à gueuler comme un loup vers minuit. Peu après que Thérèse et Chantal aient ingurgité leurs verres d'orangeade arrosée de Dolosal.

Femelles ivres de morphine, elles se trémoussaient en se gouinant contre le mur, secouées de rires frénétiques, les yeux dardés vers l'établi où leur proie se tordait dans ses chaînes.

Car ligoté sur sa table de torture, Roland d'Anvers bandait. Comme un cerf. Avec un collier de serrage à tuyau d'arrosage vissé à mi-hauteur de son membre. Du côté du gland, cette bague métallique comprimait le pénis, artificiellement gonflé par l'effet du Poppers, provoquant une dilatation des chairs à la limite de l'explosion hémorragique.

Thérèse dessera d'un cran la vis.

— Si tu lèches la chatte de Chantal, je te libère. Sinon, je te ressers un supplément de Poppers dans les narines. A toi de choisir.

Thérèse sautillait de tous les côtés, mitraillant au Polaroïd l'ex-bourreau de Chantal, à genoux devant elle, les mains enchaînées dans le dos.

Humblement.

— Sors ta langue ! hurla Thérèse.

Elle attrapa le fouet à chiens.

— Sors ta langue, salaud, sinon tu es bon pour l'hôpital... où d'ailleurs je ne t'enverrai jamais.

Roland d'Anvers obéit. A petits coups de langues, il caressa le clitoris de Chantal qui haletait au-dessus de lui. Extatique : son bourreau, son tortionnaire était à genoux devant elle ! Et la léchait !

Comme une esclave lèche son seigneur et maître !

— Gifle-le ! hurla Thérèse. Gifle-le !

Chantal hésita, paralysée sans doute par des souvenirs d'un temps à la fois si proche et si lointain, l'époque où Roland d'Anvers la giflait pour l'obliger à le sucer, à genoux...

La gifle partit avec une violence inouïe. Sous le choc, l'écrivain vacilla. Une seconde gifle le remit d'aplomb. Puis Chantal attrapa à deux mains la nuque de l'écrivain à genoux contre elle :

— Lèche ! C'est un ordre.

— Eh ! cria Thérèse, je n'ai pas dit qu'il te fasse jouir !

Chantal se balançait dans le vide, pubis encore secoué de spasmes.

— Excuse-moi. Il m'a eue...

Thérèse grinça des dents :

— Je vais lui faire payer. Et à coup de chambrière maintenant. Allez, ouste, en suspension les bras dans le dos.

*
**

L'appartement était très bourgeois. Très vieille France. Avec les meubles certainement de famille datant de bien avant la Révolution. Un cartel tiquetait les secondes au-dessus de la cheminée de marbre.

En bas, l'avenue Bosquet ronronnait.

— Qu'est-ce que je pourrais vous dire de plus ? jeta brutalement Germaine Fraignot. Ma nièce par alliance est une terroriste, au sens exact du terme. Qu'y puis-je ? Est-ce de ma faute ?

Boris secoua la main :

— Évidemment non, madame, mais dans ce cas, pourquoi continuez-vous à la défendre ?

— Parce que vous considérez que je la défends ?

— Oui, madame, insista Boris, par votre silence.

La veuve du cancérologue se redressa dans sa bergère Louis XV :

— Je ne vous permets pas, tout policier que vous soyiez.

Boris baissa la tête :

— Madame... Je peux humainement comprendre que vous cherchiez à sauver du déshonneur la nièce de votre défunt mari. Seulement, il se trouve que je sais que ladite nièce est une criminelle.

Il releva les yeux :

— On ne va pas revenir sur le sujet, n'est-ce pas ?... Bon. Aidez-nous, s'il vous plaît...

Il croisa les doigts :

— Une dernière fois, avez-vous la moindre idée de l'endroit où elle se trouve depuis son départ de la rue de Grenelle ?

Germaine Fraignot poussa d'une chiquenaude fatiguée une miette imaginaire sur sa jupe :

— Écoutez, puisque vous avez l'air de considérer que le sort du monde est suspendu à mes paroles...

Aimé et Boris avaient passé plus d'une heure à lui détailler l'importance du problème...

— Très bien, reprit-elle, très grande dame. Je vais vous dire ce que je sais sur ma nièce Thérèse. La dernière fois qu'elle est venue me voir, à ma demande, pour régler le problème de la succession de mon mari, elle m'a annoncé qu'elle avait loué un moulin près de Paris.

— Où ? jeta avidement Boris.

La vieille dame haussa les épaules.

— Est-ce que je sais, moi ? Un moulin près de Paris, c'est tout ce qu'elle m'a dit.

Elle se pencha :

— Mais, franchement, si vous m'expliquiez exactement de quoi il est question ?

Boris ferma les yeux :

— Je ne peux pas vous en dire plus, madame. Comprenez-moi.

Germaine Fraignot se redressa sur ses jambes, frémissante :

— Si vous êtes venus pour rien, messieurs, allez-vous en !

Elle se rassit, mains crochées aux accoudoirs de sa bergère Louis XV.

— C'est un monde, non, à la fin !

Elle devenait rouge. Il n'y avait plus rien à tirer d'elle.

— Viens, murmura Aimé, on s'en va.

Germaine Fraignot les poursuivit en claudiquant jusqu'au palier :

— Je vais appeler la Police ! Vous n'êtes que des imposteurs ! J'appelle la Police !

Au rez-de-chaussée, à la porte de l'ascenseur, ils l'entendaient encore vociférer !

CHAPITRE VIII

Entre le chasseur et son gibier, il se passe parfois un phénomène étrange. Une espèce de lien mystérieux se crée entre eux qui fait que chacun de son côté « sent » intuitivement ce que fait l'autre, ou ce qu'il va faire.

En réalité, c'est assez explicable. Le chasseur ne pense qu'au gibier et donc, il se met à sa place. Et inversement.

Surtout quand tous les deux sont des fauves aux sens aiguisés et toujours aux aguets. Comme dans le cas de Boris et de Thérèse. Lui, le fauve de la Justice, elle, le fauve du Crime.

Boris reposa lentement sa fourchette dans son assiette et repoussa celle-ci du dos de la main. Pourtant, le sauté d'agneau du petit restaurant où ils déjeunaient souvent, rue Saint-André-des-Arts à deux pas de la PJ, de l'autre côté de la Seine, était fameux. Mais c'était toujours comme ça pour Boris quand la chasse tournait en rond, quand le gibier échappait chaque fois qu'on croyait le débusquer, quand on perdait sa trace : une tension intérieure extrême, à la limite du supportable, l'accaparait tout entier et ne laissait place à rien d'autre, ni la faim, ni le sommeil. Ni même, ce qui était rarissime chez lui, l'envie de faire l'amour : tout à l'heure, il avait appelé Ghislaine [1] pour décommander leur rendez-vous de ce soir. Il lui avait dit la vérité. Et elle avait compris, comme chaque fois que ça lui arrivait.

— Mémé... Je ne sais pas pourquoi, mais j'en suis convaincu. Là, juste maintenant. C'est pour du beurre qu'on a alerté toutes les gendarmeries... Les deux filles ont changé de voiture. Évident...

« Réfléchis un peu : d'accord, la Makowski ne sait pas qu'on l'a identifiée, puisqu'on continue à faire le silence total sur l'affaire. Mais elle sait qu'on sait que d'Anvers a été enlevé. Et qu'un vieux les a vues. Entre parenthèses, elles auraient dû le liquider, ce témoin. Même si c'était contraire aux grands principes du terroriste qui veut que toute cible soit un symbole de l'idéologie criminelle à abattre. Possible aussi qu'elles aient été trop camées pour réagir professionnellement. En tout cas, à mon avis, elle ont fait une erreur. Bon, je reviens à la 505. OK, il y a des milliers de 505 crème et les plaques étaient illisibles. Par conséquent, apparemment aucun problème pour continuer à rouler avec. Seulement, moi, à sa place, je ne continuerai pas à prendre le risque. Si elle a pris la peine de maculer le numéro, c'est que la bagnole est à son nom. Or, on a évidemment eu son immatriculation transmise

1. Ghislaine Duval-Cochet. Sa « régulière » et sa complice depuis toujours.

partout dans la demi-heure suivant son identification.

Il hocha plusieurs fois la tête :

— Moi, je l'aurais déjà abandonnée. Et je roulerais en voiture de location. Louée sous un faux nom. C'est sûr, elles ont toutes les deux des faux papiers... Il n'y a que le citoyen honnête qui croit que c'est difficile à obtenir.

Aimé sauçait consciencieusement son assiette avec un morceau de pain :

— Dans ces conditions, le seul espoir qu'il nous reste, c'est qu'elles se fassent repérer par un pharmacien suffisamment astucieux pour nous fournir des renseignements qui nous permettent de les localiser.

— Bien vu, Mémé. Mais j'espère que tu es bien conscient en même temps que ça relèverait du miracle.

Au même moment, la 505 Peugeot crème se rangeait sur le parking « longue durée » d'Orly sud. Avant d'en sortir, Thérèse prit le Lüger dans la boîte à gants pour le mettre dans la poche intérieure de son blouson et, une fois les portières fermées à clé, elle les jeta dans une bouche de caniveau. Puis elle s'en alla à grandes enjambées vers l'aéroport, accompagnée de Chantal qui trottinait sur ses boots à talon pour ne pas se faire distancer.

Elles traversèrent la chaussée en courant et Thérèse s'immobilisa devant les portes « Arrivée » : des flics armés faisaient les cent pas.

— Fais comme moi, mets tes lunettes noires, dit-elle. Au cas où ils auraient notre signalement...

C'est en fin de matinée, au moulin, que Thérèse s'était décidée. Après avoir longuement fait, en sens inverse, le même raisonnement que Boris à Paris. Bizarre quand même, ce silence persistant de la presse après cet entrefilet sur *La Manounia*...

Où les flics pouvaient-ils en être dans leur enquête ? Jusqu'où avaient-ils pu remonter ?... Bon, même à supposer le pire, à savoir qu'ils aient découvert le coup des ordonnances, et qu'ils les aient identifiées toutes les deux, il y avait peu de risque qu'elles se fassent piquer. Il leur faudrait juste redoubler de vigilance lors des réapprovisionnements en « produits » pharmaceutiques. A la moindre réaction suspecte du vendeur, hop, la fuite, et après on aviserait.

Le seul vrai problème, dans l'hypothèse où elles étaient déjà identifiées, c'était la 505. Dont les flics auraient eu automatiquement le numéro.

Conclusion : il fallait changer immédiatement de voiture.

Et elles avaient aussitôt filé vers Orly. Avant que la Peugeot ne soit repérée comme abandonnée au parking « longue durée », elles avaient tout le temps de circuler tranquillement dans une voiture louée sous un faux nom. Et de toute façon, quand ça se produirait, d'Anvers serait exécuté depuis longtemps, et elles, elles seraient déjà loin. Quelque part au Liban ou en Libye, où Thérèse avait gardé des contacts avec des groupes terroristes.

L'employée de Hertz tendit à Thérèse le dépliant avec les modèles de voitures et les tarifs. Thérèse l'étudia attentivement, non pas à la rubrique tarifs, elle n'avait pas la moindre intention de rendre la voiture, mais, il lui fallait une bagnole avec un gros coffre.

Où on retrouverait le corps de Roland d'Anvers...

Quand elles auraient depuis longtemps passé la frontière, en toute impunité, dans un petit avion de location : en Libye, on apprend aussi parfois aux terroristes à piloter...

— Une CX à boîte automatique, pas manuelle, fit-elle.

— Très bien, madame. Votre permis de conduire, s'il vous plaît ?

Thérèse lui tendit son faux permis en poussant le culot jusqu'à ôter ses lunettes noires pour que la fille puisse faire aller et venir son regard de la photo à son visage avant de commencer à remplir le formulaire du contrat de location.

— Quelle assurance choisissez-vous ?

— La plus complète.

D'un coup de Bic rapide, l'employée inscrivit sa réponse dans une petite case, puis sans lever les yeux, elle demanda :

— Votre carte de crédit, voulez-vous ?

Thérèse, lui tendit une carte bleue gold flambant neuf. Ces dernières formalités expédiées, elle empocha la clé et les papiers et tourna les talons sans prêter la moindre attention aux vœux de bonne route que lui lança la fille derrière son comptoir, un peu décontenancée par tant d'autorité...

La CX s'engagea dans les anneaux compliqués de la sortie d'Orly. Dix minutes plus tard, elle roulait sur l'autoroute du Sud.

Chantal avait depuis longtemps ouvert docilement son imperméable et écarté les cuisses. Thérèse lui flatta le ventre de la main droite :

— Tu es une bonne petite, va. Tu verras, une fois l'ordure expédiée, on va être heureuses comme des dingues toutes les deux.

Chantal lui lança un regard éperdu qui s'assombrit tout à coup :

— Tu sais, j'ai bien peur qu'il ne tienne pas le coup très longtemps, fit-elle. Ce matin, quand je lui ai fait sa piqûre de Dioxidase[1], j'ai bien cru qu'il allait me claquer dans les pattes.

Depuis hier, elles lui injectaient, matin et soir, le double des doses. Résultat, Roland d'Anvers n'était plus qu'une loque qu'elles n'enchaînaient plus que par sécurité. Le cœur battant à trente pulsations minute, il était même incapable de s'asseoir sous peine d'évanouissement. Avachi, les muscles flasques, l'esprit en lévitation horrible, il n'était plus que l'ombre de lui-même.

1. La Dioxidase est un ralentisseur cardiaque destiné à maîtriser les accélérations des battements du cœur dans certains cas de tension trop élevée.

Anéanti, toute résistance physique et nerveuse brisées, il était vraiment réduit à l'état de serpillière.

Thérèse haussa les épaules :

— Il est costaud. Il tiendra bien encore trois ou quatre jours. De toute façon, on cessera le traitement avant de le châtrer. Mais d'accord, on va faire gaffe, on a encore pas mal de petite gâteries à lui administrer avant la solution finale.

Elle rigola :

— Tu as bien serré le collier d'arrosage, au moins ?

Chantal approuva de la tête :

— Oui. Et il a bu ses deux litres d'eau jusqu'au bout.

— Parfait. On va bien se marrer tout à l'heure quand on lui desserera le collier.

Une fois sortie de l'autoroute, Thérèse tourna à droite et la CX alla s'arrêter, pneus crissant sur le gravier, devant une auberge noyée dans les arbres.

— Viens, je t'invite, on va se taper un bon gueuleton. D'après le Michelin, il paraît que le foie de canard est super ici. On va voir si c'est vraiment une bonne adresse. J'ai toujours adoré le foie de canard.

Elle ferma la CX à clé :

— Tu vois, c'est la seule chose que je regretterai quand on sera en Libye !

CHAPITRE IX

Roland d'Anvers poussa un hurlement de terreur. Ou du moins, il crut hurler. En fait, ce n'était qu'un gémissement d'enfant qui sortit de sa gorge : un rat s'approchait de lui. Sur le qui-vive, ses petits yeux durs dardés sur lui.

— Non... Non...

Il se tordait, il croyait se tordre. Il ne réussissait à reculer que de quelques centimètres.

Et pendant ce temps, la douleur, l'atroce douleur de sa vessie qui se remplissait peu à peu. Avec impossibilité de la vider à cause du collier de serrage. Il en était sûr, dans un quart d'heure, elle allait se déchirer, éclater !... C'était atroce, insoutenable, ses mains enchaînées dans son dos raclaient le dallage à se faire saigner.

Il hurla de nouveau : les dents du rat s'attaquaient à son épaule gauche et il n'avait même plus la force de s'éloigner. Toute cette eau gonflant sa vessie comme une outre... Cette eau tonitruante de la chute du moulin... Son cœur allait lâcher... Il allait mourir... Il le sentait... Tout seul.

— Je te ferai manger ta bouillie dans une

gamelle à chien à quatre pattes, avait dit sa tortionnaire. Tu as beau faire non de la tête et serrer les dents, tu verras que si.

Oui, il le ferait... Oui... Quand elle voudrait... Tout à l'heure... Oui... Pitié... Pitié... Oui... Je suis un salaud ! Je demande pardon. Pardon ! Pitié !

La porte s'ouvrit, la lumière du plafonnier l'éblouit : elles étaient revenues, enfin... Des éclats de rire lui parvinrent dans un brouillard.

— Mais il se fait bouffer par un rat ! s'exclama Thérèse. Ça, c'est la meilleure. Très drôle... Oh, merde, on a fait fuir le rat, dommage.

L'écrivain leva vers elle son visage décomposé :

— Pitié... Je ferai tout ce que vous voudrez... Enlevez-moi le collier, je vous en supplie...

Thérèse se pencha :

— Allez, on n'est pas des bêtes, Chantal, prends le tournevis.

Après, elles le regardèrent se vider à longs jets saccadés sous lui et sur lui, en chialant de bonheur.

— Dis-moi merci, fit Thérèse. Merci, Maîtresse.

— Merci, Maîtresse, lâcha d'Anvers d'une voix à peine audible.

Thérèse lui prit le pouls, observant la trotteuse de sa montre :

— Quarante-cinq pulsations minute. Déjà... Tu récupères vite, mon salaud. Tu es une vieille carne. Bon, puisque tu commences à être bien obéissant, on va faire un marché. Pas de

Dioxidase ce soir, mais en échange, tu mangeras ta bouillie à quatre pattes.

Elle lui donna un coup de pied dans les côtes :

— C'est un marché honnête, non ?

— Oui, murmura d'Anvers.

Nouveau coup de pied dans les côtes :

— Oui, Maîtresse !

L'écrivain avala sa salive et répéta docilement :

— Oui, Maîtresse.

Thérèse lui tapota la joue :

— Très bien... Désormais, tu m'appelleras toujours : Maîtresse.

Elle sourit :

— Et tu appeleras Chantal : Mademoiselle. Et tu la vouvoieras. Respectueusement. Comme un esclave envers ses patronnes. Compris ?

— Oui... Maîtresse... Compris.

*
**

A cinq kilomètres en aval, sur la rivière, le pot de Nescafé réussit enfin, sous le flot de la crue, à casser la branche morte qui le retenait à la même place depuis deux jours.

Et il reprit, tournoyant sur lui-même, son petit bonhomme de chemin aquatique.

*
**

Il y a quelques années encore, au début de leurs carrières, quand Boris et Aimé allaient, tous jeunes inspecteurs frais émoulus chez ce genre de personnages, il leur fallait passer par des arrière-cours remplies de détritus, et frapper à des portes vermoulues donnant sur des ateliers minables, sentant le salpêtre, avec une lampe nue pendant d'un plafond au plâtre écaillé.

Et, en général, un petit vieux, chauve, à visière noire et lunettes de presbyte épaisses glissait un œil soupçonneux dans l'entrebâillement d'une porte.

Un décor et un personnage des films de Marcel Carné, ou des photos de Robert Doisneau.

Les temps ont bien changé... L'immeuble de La Défense où ils pénétrèrent était relativement propre : vingt-cinq étages, trois ascenseurs dans le hall, graffitis sur les murs, bien sûr, et dépradations diverses, mais un monde nouveau. L'amorce du XXIe siècle était déjà sensible, même chez les voyous et leurs complices indispensables. Les truqueurs de voiture. Les magouilleurs de « blanchissage » d'argent sale.

Et les fabriquants de faux papiers d'identité.

Tous, un jour ou l'autre, étaient repérés par la police. Et alors obligés d'accepter le marché. Et là, le langage ne changeait pas :

— De deux choses l'une, maintenant qu'on t'a coincé, soit tu refuses de collaborer, et ça veut dire beaucoup d'ennuis pour toi, si tu vois ce que je veux dire, soit, tu acceptes de nous tuyauter à l'œil, bien sûr, en échange de ta liberté.

La sonnette était à gauche de la porte de

gauche en sortant de l'ascenseur, au dix-huitième étage.

On ouvrit tout de suite.

Comme par un clin d'œil avec le passé des ateliers cradingues au fond d'une cour d'un quartier classé « zone insalubre », l'habitant des lieux était un petit vieux, chauve, à gros verres de presbyte et visière noire retenue par un élastique.

— Salut, Diego, fit Boris en entrant. Ça va mieux, le cholestérol ?

Le faussaire eut un vague sourire :

— Oui, mais c'est le régime famine...

Boris entra, suivi d'Aimé, en se frottant les mains :

— Ah, on n'a plus toujours vingt ans, il faut s'y faire, hein ? Mais dis-moi, les affaires marchent bien ! Tu es installé comme un prince. Et puis, cette vue !

Il alla jusqu'à la grande baie vitrée. Au loin se dressait, énorme, imposant, l'Arc de Triomphe.

Boris se retourna :

— Ça, on peut dire que tu ne manques pas de luminosité. A se demander pourquoi tu as encore besoin de ça.

Il désignait du menton la lampe puissante d'architecte illuminant de son halo la table inclinée, une table de maquettiste ou de dessinateur industriel. Un gros chat angora rose pointa sa frimousse dans l'encadrement de la porte donnant sur la cuisine :

— Miaaaaou...

Diego Suarez l'attrapa et le serra sur son cœur. Avec la vivacité d'un gosse paniqué qui cherche un réconfort auprès de son nounours.

— Pour la lampe, fit-il tout en caressant de l'ongle le crâne de son chat entre les deux oreilles, c'est parce que j'ai la vue qui baisse. Je vais sur mes soixante-cinq ans...

Boris s'affala dans le canapé, bras en croix sur le dossier, sous l'œil réprobateur d'Aimé qui avait l'air de considérer que ce n'était peut-être pas la peine d'étaler le grand jeu.

— Eh oui... poursuivit Boris en faisant claquer son briquet à ras de sa Gallia. Comme le temps passe... Tu te rappelles, Diego, la première fois, qu'on s'est connus ? Tes premières crises de cholestérol ? Ah, dans ce temps-là, on ne mettait pas des heures à traverser Paris en voiture pour venir te demander un coup de mains...

Diego s'assit, genoux serrés, sur son tabouret, son chat toujours entre les bras.

— Et de quel renseignement s'agit-il aujourd'hui, monsieur l'inspecteur, si je peux me permettre ?

Les yeux noirs de Boris se fixèrent sur son interlocuteur et le détaillèrent de la visière aux charentaises.

Diego Suarez, était le fils de républicains espagnols réfugiés à Bordeaux en 1939 après la victoire de Franco. Plus un rond dans la famille. Adieu les espoirs de faire des études d'architecture. La révolte contre le destin. De mauvaises rencontres. Quelques hold-up. Quinze ans de taule. Et, à Fresnes, l'apprentissage des secrets du métier de faussaire, avec un maître mort depuis et dont Diego Suarez était devenu le digne successeur.

Il était devenu le roi des faux papiers à Paris. Des fausses cartes d'identité, des faux permis. Des faux en tout genre. Et, depuis peu, des fausses cartes de crédit.

Il avait plongé un jour, bien sûr, comme tous ses « confrères ». Les flics finissent toujours par coincer les faussaires. Toujours jusqu'au prochain. Le petit nouveau dans la profession qui se croit plus malin que ses prédécesseurs. Connard... Un faux, ça laisse des traces par définition. Puisque c'est réel, palpable. Et le type qui l'utilise et qui se fait coincer un jour lui aussi, finit toujours par cracher le morceau.

C'est comme ça que, depuis dix ans, Diego Suarez en était venu à « collaborer » après la visite, un beau matin de deux flics souriants qui avaient sonné à sa porte :

— Excusez-nous, on est de la police. On voudrait vous parler. Oh, rien de bien grave. Juste un marché à vous proposer.

Et depuis, il refilait à la PJ tous les renseignements, oh, pas les noms de ses clients. Ils ne les donnent jamais. Mais les faux noms. La PJ ne s'en sert que dans les cas extrêmes. C'est dégueulasse, ça laisse filer des truands, ça pose parfois des problèmes de conscience, mais le boulot de flic, c'est aussi d'avoir le courage de faire la part des choses. Griller un indic de l'importance de Diego Suarez aurait été de la folie, au nom de l'intérêt général. Le coup classique : il vaut toujours cent mille fois mieux un abcès de fixation, même si ce n'est pas très propre, que l'absence totale d'information.

Qui le dira jamais ? Combien de fois tout le vrai problème des flics après l'arrestation d'un truand ou d'un trafiquant de drogue, le seul vrai problème, c'est de trouver le truc pour faire croire au type piégé qu'il l'a été pour une toute autre raison que le tuyau venu du faussaire qui lui a fabriqué une nouvelle identité. C'est toute une gymnastique flicarde parallèle dont on n'a pas idée. Et qui est capitale.

Pour ne pas griller l'informateur.

Pour que d'autres continuent à venir frapper à la « bonne adresse » en toute confiance.

Boris cessa brutalement de dévisager le petit vieux, recroquevillé sur son tabouret à vis autour de son chat rose.

— Franchement, Diego, tu me déçois.

Le faussaire sursauta si brusquement que son matou lui échappa des bras et sauta sur la moquette. Pour se diriger aussitôt, queue en l'air, vers Boris qu'il escalada :

— Miaaaou...

Celui-ci calma ses ardeurs d'un gouzi-gouzi sous le menton et le reposa par terre. Dans son fauteuil, Aimé se retenait pour ne pas pouffer de rire.

— J'ai toujours été réglo, protesta dramatiquement Diego Suarez en s'essuyant le front du dos de la main sous sa visière.

Boris rigola. Cruellement.

— Tu te fous de moi ou quoi ? Tu t'es

branché sur le terrorisme et tu ne nous as pas mis au parfum. C'est grave, ça. Très grave. Le terrorisme, c'est la politique. A l'échelon planétaire, ça ne fait plus une ou deux vies en jeu, ça peut en faire des milliers. Et peut-être des centaines de milliers. Et voilà que je viens d'apprendre, par la rue des Saussaies, que tu t'es mis à faire de faux papelards pour les terroristes du Moyen-Orient !

Diego Suarez essaya de crâner :

— En quoi, ça vous concerne à la Mondaine ? Je n'ai pas de compte à vous rendre à vous sur le sujet.

Il devint tout rouge :

— Et puis, y en a marre à la fin ! L'attentat avorté de justesse au Châtelet, il y a trois mois, c'est grâce à moi ! Comme le bain de sang évité au champ de courses d'Auteuil en janvier ! Vous le savez aussi bien que moi !

Il s'étouffait :

— Vous avez votre carte de flic, moi je ne l'ai pas ! Mais on est flics, vous et moi. Pareil ! Alors, merde, parlez-moi sur un autre ton.

Aimé Brichot se taisait, se contentant de se gratter philosophiquement la moustache, sachant très bien où sa flèche voulait en venir.

Un hallali un peu spécial...

— Diego, reprit doucement Boris, je t'ai sauvé la mise combien de fois ? Compte avec moi. L'affaire Bodlewski, où une gosse de treize ans — treize ans ! — a failli passer à la casserole parce que son salaud d'oncle t'avait payé cinquante mille francs pour la fermer après un faux passeport donnant dix-sept ans à la môme. Et d'un. Puis l'histoire des cartes du club des ballets roses de Pantin, toutes faites par toi. Et de deux. Or, je te rappelle que, comme dans le cas numéro un, tu ne nous as livré que le quart de l'information. En nous obligeant à faire un travail de dingues.

Il tira furieusement sur sa Gallia :

— Tu appelles ça être aussi flic que nous ? La gosse de treize ans dans l'affaire Bodlewski, elle est encore en cure à cause de toi ! Et dans la deuxième affaire, on cherche encore, toujours à cause de toi, des gamines disparues.

Boris croisa les jambes :

— Diego, on a passé l'éponge. Le moment est venu de te présenter la facture de l'éponge.

Il sortit deux photos de son blouson et les jeta, de loin, sur la table de maquettiste :

— Ecoute-moi bien, Diego, si par malchance, tu ne reconnais pas les deux gueules des filles là-dessus, mon ami et moi, on te fait enchrister aussi sec. Et je me fous de la gueulante rue des Saussaies. Faire de faux papiers pour des terroristes libanais, ça va chercher dans les trois ans de taule [1] !

Il se leva :

— Je te donne cinq minutes pour réfléchir.

Diego Suarez attrapa son matou rose et le couvrit de baisers.

— Elle me tuera, si elle sait, bredouilla-t-il.

— Qui ?

— La brune, sur la photo de gauche, la grande

1. Articles 140 et suivants du Code Pénal.

brune. Elle est au moins aussi grande et aussi costaud que vous !

Boris passa outre.

— C'est la première fois que tu lui fais de faux papiers ?

— Non, depuis deux ans.

— Pourquoi tu n'en as jamais parlé, à la PJ ou à la rue des Saussaies ?

Diego Suarez se voûta :

— Elle me fait peur. Elle a été entraînée en Libye. C'est une tueuse, une pro. Elle m'aurait retrouvé. Même dans dix ans à Cadaquès. C'est du genre qui n'oublie pas.

Il caressa longtemps son chat rose :

— Monsieur l'inspecteur, les tueurs, on peut leur parler, les tueuses, jamais. Quand un homme devient un monstre, monsieur l'inspecteur, il reste toujours un coin, dans sa conscience, où on peut s'adresser. Une femme monstre, jamais.

Boris se pencha :

— Elle est revenue récemment ?

— Oui, il y a un mois. Elle a sorti le liquide. La moitié de la somme. Elle était pressée. Et elle voulait pour deux. Sa copine, une petite blonde fragile, avait l'air droguée. Je lui ai fait le grand jeu : quatre fausses cartes d'identité pour chacune, quatre faux passeports pour chacune, plus deux jeux de quatre fausses cartes de crédit.

— Combien tu as touché en tout ?

— Cent mille.

— Pourquoi tu n'as pas prévenu les flics ? C'était un cas, non ?

— Je vous le répète, j'ai eu peur...

Diego Suarez désigna de son index un chandelier de porcelaine dont il ne restait plus que le pied au-dessus de la télé. Avec une sorte d'étoile éclatée dans la peinture du mur derrière la télé.

— Elle a sorti un Lüger avec un silencieux. Elle a éclaté le chandelier. Pof... Comme ça... Puis elle a retourné le Lüger vers moi. Elle était immense. Elle avait des yeux...

Diego Suarez pressa tendrement son angora rose contre sa poitrine.

— Ça ne vous est jamais arrivé d'avoir peur ?

Boris vérifia : effectivement, il y avait bien un impact de balle sur le mur. Chercher à extraire la balle du plâtre ? A quoi bon pour l'instant ? Ce serait pour plus tard, au moment du procès, s'il y avait procès...

— OK, tu n'as pas l'air de mentir sur le coup de flingue.

Il agita la main vers une commode Louis XV qui détonnait dans l'environnement un peu misérable et plutôt fonctionnel de cet appartement.

— Tu t'es informatisé à ce que je vois... Joli, le Macintosh à imprimante... Tu gagnes bien ta vie... Tu mets quoi là-dedans ? Tes résultats d'analyse de cholestérol ?

De nouveau, Aimé lança un regard chargé de reproches vers Boris. Pourquoi torturer un vieil homme malade ? Une réponse muette s'inscrivit dans les yeux de Boris :

« T'inquiète, Mémé, il nous cache encore des trucs ».

Boris alluma une Gallia :

— Tape-moi les noms. Celui de la grande brune et celui de la petite blonde. Pas leurs vrais noms, je sais que tu ne les connais pas. Les noms qu'elles t'ont payés pour mettre sous leurs photos. Allez, grouille !

Diego Suarez redescendit de son tabouret et fit glisser amoureusement son angora rose sur la moquette.

Puis ses charentaises le conduisirent, voûté, jusqu'à son Macintosh. Il pianota sur les touches.

Deux noms apparurent sur l'écran :

Germaine Tizier.

Josyane Martel.

Clac, clac encore sur les touches et puis toujours sur l'écran, les âges, et les professions : préparatrice en pharmacie pour Germaine Tizier. Au chômage technique pour Josyane Martel.

Dans son fauteuil, Aimé Brichot notait tout de sa pointe Bic sur son bloc-notes.

Boris se leva :

— Formidable ! Tu mets tout sur ton ordinateur ?

Diego se mit à frimer :

— Facile. Il suffit d'avoir un peu de méthode.

— Ah bon ? fit Boris. Par exemple, si je tape sur ton clavier Germaine Tizier, ça peut me donner d'autres renseignements intéressants ?

Il tapait, lettre après lettre.

Diego Suarez se liquéfiait dans son dos. Car il savait que sur l'écran de l'ordinateur allaient défiler en lettres vertes sur fond noir tous ses secrets.

De fait, implacablement, la machine cracha toutes les fausses identités des deux femmes. Un nom fit sursauter Boris : Fatimah. Fatimah Salam. Un nom à fortes consonances libyennes ou libanaises, un nom qui avouait, en tout cas, des liens avec la mouvance terroriste du Moyen-Orient...

Boris se leva, l'air fatigué.

— Tu nous prends vraiment pour des cons. C'est lassant à la fin. Allez, ouste, on t'embarque. On va te faire causer un peu plus.

Une fois sur le palier, Boris se tourna vers Diego Suarez après avoir pressé le bouton d'appel de l'ascenseur.

— Tu sais que tu es vraiment complètement idiot ! Tu vas être obligé de te mouiller encore plus qu'avant !

— Personne n'est parfait, monsieur l'inspecteur. Personne, marmonna le petit vieux d'une voix étrangement lointaine.

L'ascenseur les avala tous les trois.

Direction le 36 quai des Orfèvres.

CHAPITRE X

Chantal cassa délicatement l'ampoule de Dolosal au-dessus du verre, faisant s'écouler le liquide en secouant pour ne pas perdre une goutte, puis elle mit dans le verre une cuillère de sucre en poudre et ouvrit le robinet de l'évier, avant de bien remuer le tout à la cuiller.

Puis, elle sortit de la cuisine et se dirigea, de sa démarche dansante, toujours perchée sur ses boots en croco, vers le living. Thérèse y était installée, assise comme un homme, talon gauche sur genou droit, devant la télévision. Elle était nue comme Chantal.

— Merci, ma belle fit-elle de sa voix profonde et masculine, en tenant le verre tendu.

Elle but à petites gorgées. Savourant à l'avance la douce et délicieuse chaleur qui allait bientôt l'incendier tout entière.

Chantal retourna à la cuisine se préparer sa propre potion. Puis elle revint au living, se dirigeant aussitôt vers Thérèse.

Pour l'atteindre, elle dut contourner Roland d'Anvers, enchaîné par son collier à un pied de la grande table de ferme. Accroupi, replié sur lui-même, il tremblait sans arrêt, avec des tics réguliers qui lui faisaient retrousser ses lèvres par saccades comme des babines sur des crocs d'animal : tout à l'heure, au dîner, elles l'avaient remonté de la cave en le portant à deux : il était devenu incapable de marcher, même à genoux.

Puis elles étaient passées à table. Et lui aussi.

Mais devant la table, sur le parquet. Bien en vue. Et il avait docilement léché jusqu'à la rendre bien propre son écuelle de bouillie pur nourrisson.

A quatre pattes. Comme il fallait.

Et avec une banane, la plus grosse trouvée dans le panier à fruits, enfoncée entre les fesses jusqu'à s'y engloutir.

Chantal termina son verre et se blottit contre Thérèse sur le canapé. La morphine qui passait déjà peu à peu dans leurs veines les enfonçait dans une délicieuse euphorie. Et déjà, leurs bouts de seins et leurs sexes commençaient à s'échauffer. Thérèse se mit à caresser les seins de Chantal et très vite, elles ne furent plus que deux lesbiennes geignantes, deux femelles aux yeux perdus dans le vague qui se léchaient tête-bêche.

Un spectacle qui, cinq ou six jours plus tôt — combien au juste il ne savait plus — aurait mis Roland d'Anvers, ce taureau perpétuellement en rut, dans tous ses états.

Aujourd'hui, il ne songeait même pas à y prêter la moindre attention. Concentré sur son cauchemar interne, le visage envahi de barbe, les joues creuses, il avait des cernes effroyables sous les yeux qu'il gardait plissés, paupières contractées et elles aussi tordues de tics : avant de le faire « dîner », elles lui avaient bourré les yeux d'atropine, ce médicament qui sert à dilater les pupilles. Résultat : non seulement il voyait tout flou et c'était à tâtons qu'il avait cherché son écuelle, mais la lumière éblouissait atrocement comme s'il devait perpétuellement fixer une lampe.

Désormais, il avait abandonné jusqu'à la moindre dignité. Et aussi tout espoir. La seule pensée qui lancinait son cerveau réduit en compote, c'était de mourir le plus vite possible...

Il avait même supplié Thérèse de l'achever, ce matin, pendant la séance de fouet quotidienne qui avait fini par consteller tout son corps de balafres brunes impossibles à compter. Supplié, les mains tendues, sanglotant, bavant.

Thérèse avait ricané :

— T'inquiète, ça viendra... Mais pas encore. Tu entends ?

— Oui... Oui... Maîtresse.

Et il était retombé, évanoui. Elles avaient dû le réveiller à grand renfort de seaux d'eau.

Depuis le début de l'après-midi, Thérèse avait décidé d'ajouter, outre les gouttes d'atropine, un raffinement médical supplémentaire à la torture cardiaque de la Dioxidase.

En prenant une nouvelle fois le pouls de sa victime, elle s'était aperçue que le cœur qui aurait dû depuis longtemps se détraquer, continuait à battre normalement, sans aucun accroc dans le rythme, même à vingt-cinq pulsations minute.

Elle connaissait le sujet : autrefois, c'était en cardiologie qu'elle faisait ses études de médecine.

D'Anvers était vraiment une force de la nature ! Exaspérant ! Alors, elle avait décidé de lui administrer, juste pour voir, par pure curiosité « scientifique », un cocktail d'enfer : en plus de la Dioxidase, elle lui faisait ingurgiter des doses massives de la Digitaline, un médicament qui a exactement l'effet contraire puisqu'il s'agit d'un stimulateur cardiaque.

Le résultat ne s'était pas fait attendre : le cœur de d'Anvers s'était mis à passer alternativement par des accès de brachycardie et de tachycardie. Du ralentissement à la limite de la syncope pendant lesquels il était d'une pâleur de cadavre, suivis de brutales accélérations jusqu'à cent-vingt et plus pulsations minute qui le faisaient râler, les yeux exorbités, inondé de sueur et rouge comme une écrevisse. Au bord de l'apoplexie.

Comme une sorte de gégène interne qui n'arrêtait pas de lui torturer la pompe cardiaque et tout son système circulatoire.

Avec, de temps à autre, des répits d'un quart d'heure maximum pendant lesquels il geignait sans arrêt.

Comme maintenant, prostré sur le flanc sur le parquet dans la position du fœtus.

— Pitié... Pitié, Maîtresse...

Et brusquement, il se détendait, comme cinglé par un nerf de bœuf, en croix, bras et jambes cognant le parquet, artères et veines en feu, cœur cognant à éclater, la bave aux lèvres.

Chantal se détacha un instant de Thérèse, l'air soucieux :

— Je me demande si tu n'y es pas allée un peu fort. Il va nous claquer dans les pattes avant qu'on l'ait châtré.

Thérèse haussa les épaules :

— Ne t'inquiète pas. Il a de la ressource. Mais demain, par précaution, j'arrête le traitement. On s'amusera encore un peu avec lui, à la superglu, cette fois. Et puis après-demain, on en fait un chapon. Un poulet-adieu-mes-couilles, comme on dit en Martinique. Et doublé d'un poulet-adieu-ma-bite.

Elle partit d'un fou rire dément.

— Qu'est-ce qu'on va prendre notre pied !

Elle reprit peu à peu son self-control et, câlinant des deux mains les seins lourds aux bouts roses de Chantal :

— A propos de bite, ma petite gougnasse adorée, va te mettre le truc.

Chantal sauta sur ses pieds d'un air gourmand et elle enjamba Roland d'Anvers à nouveau prostré, pour aller ouvrir le tiroir du grand buffet de chêne.

L'objet qu'elle en sortit, en plastique blanc, était très long et très épais. Un godemiché géant. Conçu pour un sexe de géante.

Chantal réenjamba le baveux secoué de tics pour venir se planter devant Thérèse, jambes écartées. Elle plaqua l'engin contre son pubis puis elle se retourna pour que Thérèse le lui fixe autour des reins.

— Aïe ! geignit Chantal. Tu me fais mal, tu serres trop...

Thérèse lui tapota les fesses.

— Tu veux que ça tienne, oui ou non, quand tu m'entreras dedans ?

Elle grogna :

— Entrer dedans... Tiens, je le dis moi-même. On n'en finira jamais... Les hommes entrent dans les femmes. Ils nous tronchent, ils nous enfilent, ils nous ramonent, comme ils disent... Et nous les lesbiennes, quand on veut s'aimer, on est obligés de se servir d'une imitation de leur saloperie de truc. C'est dégueulasse... Pourquoi les hommes ont le droit de pénétrer les femmes ?

Elle délirait, gavée de Dolosal et de haine.

Elle se recula et se mit à hurler :

— Ça va cesser un jour, cette injustice ! Ça va cesser !...

Elle se calma subitement :

— Allez, viens. Baise-moi. Baise-moi bien, ma chatoune...

*
**

Dehors, sous les fenêtres du living, la chute du moulin poursuivait son éternel grondement. Dans le parc, de l'autre côté de la rivière, un rossignol lançait en haut d'un érable son appel d'amour passionné. A dix kilomètres en amont, le pot de Nescafé tournoyait dans un remous juste avant un barrage de régulation de la rivière.

Puis il réussit, bravement, à sortir des remous et à plonger un mètre cinquante plus bas. Pour repartir, mollement, bravement dans son long périple nautique.

*

**

— Vas-y... N'aie pas peur... Plus fort... Plus fort. Ha... Plus fort !

Les bras crochés autour du buste de Chantal sur le canapé, ses cuisses musculeuses relevées et ses jambes nouées autour des cuisses de Chantal, Thérèse délirait.

C'était le moment où le Dolosal fait le mieux son effet. Le moment où on n'est plus qu'une gouine tronchée fantastiquement par sa compagne.

Chantal s'activait, cognant à grands coups de reins, relevant les fesses, recognant. Bouche contre bouche, elles luisaient toutes les deux de transpiration. Elles grognaient comme des louves dépravées dans leurs bauges.

— Prends-moi les seins, bredouilla Chantal en se relevant sur les mains, boucles blondes pendant en cascade. Tords-moi les bouts, tords... Fais-moi prendre mon plaisir avec les seins... En même temps que toi...

Les deux mains aux ongles courts de la géante s'emparèrent doucement des globes de chair balancés au-dessus d'elle, puis s'affolèrent autour des bouts durcis et dressés, les pinçant, les tiraillant, les torturant...

Elles hurlèrent ensemble, secouées comme une barque prise dans les vagues déferlantes. Leur plaisir dura longtemps. Des spasmes successifs leur traversaient le corps en longs frissons extatiques. Le canapé n'était plus que le nid de deux vipères entortillées. Elles se dévoraient la bouche, elles se mangeaient toute la figure. Elles gueulaient comme des bacchantes déchaînées.

Peu à peu, pourtant, elles se calmèrent. Et le grondement de l'eau, dominé un instant par les rugissements et les halètements de ces deux furies, reprit ses droits.

Étendu sur le sol, bras et jambes en croix battant frénétiquement le chêne du parquet, Roland d'Anvers, rouge de tension luttait contre un nouvel accès de tachycardie, frôlant à nouveau l'infarctus.

De son membre avachi, fripé, autrefois si glorieux pourfendeur des fesses et des sexes des femmes de son harem, suintait un filet d'urine venu de sa vessie massacrée, une urine foncée, presque noire, chargée de produits toxiques qui avaient au passage soumis ses filtres rénaux à une tempête chimique de force douze.

Roland d'Anvers, moins de quinze jours après sa prestation télévisée.

Qui n'était plus enchaîné que pour le principe.

Qui aurait été incapable de seulement ramper vers la porte ouverte, vers la liberté.

Devenu incontinent.

Cardiaque au dernier degré.

Avec une banane engloutie entre les fesses.

Le corps balafré.

Tout instinct de survie disparu.

Dans son cerveau aux trois quarts bousillé par le matraquage médical auquel il était soumis, ne subsistait plus qu'une seule pensée, obsédante comme une idée fixe, une pensée en forme de question :

— Comment je m'appelle ?... J'ai oublié mon nom ! Je ne sais même plus mon nom !

Maintenant, il était minuit passé depuis longtemps. Dehors le rossignol s'était tu. Au premier étage, Thérèse et Chantal recommençaient à se gouiner, après une nouvelle double rasade de Dolosal. La boîte d'ampoules se vidait à toute vitesse. Demain, il faudrait se refournir d'urgence...

Cette fois, c'était Thérèse qui était harnachée du godemiché.

Et Chantal hurlait sous elle : le membre de plastique était fait pour un sexe de géante. Pas pour celui d'une fille de un mètre soixante...

Puis les lumières s'éteignirent au moulin.

C'était le milieu de la nuit. Les deux folles dormaient maintenant, tendrement enlacées dans le grand lit dévasté. Le Lüger à silencieux vissé en bout de canon dormait lui aussi, posé sur la table de nuit.

En bas, dans la salle des machines, l'écrivain

commençait à aller un peu mieux. Les effets du cocktail s'estompaient peu à peu et la « douche écossaise » cardiaque redevenait supportable.

Et soudain, une sorte de rire de « bonheur » le secoua.

— Ça y est ! J'ai retrouvé ! Je m'appelle Roland d'Anvers! J'ai retrouvé mon nom...

La loque incontinente et flagellée qu'il était devenu se mit à chialer, front collé au pavage gluant d'humidité.

— Roland d'Anvers... Je m'appelle Roland d'Anvers...

Il lècha longuement le carrelage à la recherche de la moindre goutte d'eau suintante : la décrue s'était amorcée, le niveau de l'eau baissait.

— Roland d'Anvers ? Qui c'est ça, Roland d'Anvers ?

Des souvenirs, flous comme dans une photo tremblée lui remontaient à la mémoire. Un type adulé... Triomphant... Avantageux... Des filles à ses pieds... Un écrivain à succès...

C'était qui ce type appelé Roland d'Anvers...

Et pourquoi son nom lui vrillait-il le crâne ?...

Le rat ressortit de son trou. Sur la pointe des griffes, il s'approcha du « beefsteack » allongé par terre.

Roland d'Anvers n'eut aucune réaction quand les canines s'attaquèrent à son épaule, là où il restait la cicatrice de la morsure précédente.

Il dormait.

Au-delà de toute douleur.

Le rat lui dévorait l'épaule et il dormait !

CHAPITRE XI

La CX à boîte automatique se rangea sagement entre les deux bandes en diagonale d'une des allées du parking de la zone commerciale est de Fontainebleau. Chantal referma son imperméable. Puis elle tendit la main gauche. Thérèse y mit l'ordonnance. La feuille de Sécu. Et un billet de cinq cents francs.

— Sois prudente, hein ? N'oublie pas que les flics ont peut-être diffusé le nom de mon oncle... Rappelle-toi bien, on n'est jamais assez prudentes...

Elles auraient pu trouver une place tout près de la pharmacie, mais Thérèse avait refusé de s'y ranger au dernier moment.

Par pure intuition de « gibier ».

Chantal s'en alla, aussi dansante que d'habitude sur ses hauts boots en croco. Et, cette fois, la ceinture de son imper était vraiment très serrée : ce matin Thérèse lui avait demandé de mettre un corselet de nylon baleiné très étranglant. Demandé, pas exigé. Chantal avait failli suffoquer, la respiration coupée, quand Thérèse avait lacé le corselet dans son dos, un corselet aussi serré que la guêpière que Roland d'Anvers l'obligeait à porter, autrefois, il y avait seulement un peu plus de six mois.

D'un pas vif, Chantal se dirigea vers l'angle des bâtiments derrière lequel se trouvait la pharmacie où elle allait chercher leurs nouvelles doses de Dolosal. Leur drogue, dont elles ne pouvaient plus se passer... Elle s'arrêta, bloquée par un groupe de gosses de sept à huit ans qui traversaient, se tenant docilement par la main, cornaqués et protégés par une monitrice en Adidas et survêtement.

Il faisait beau. Quelques gros cumulus cavalaient depuis l'ouest, depuis l'Atlantique, dans le ciel bleu délavé d'avril.

Rêveuse, Chantal contempla longuement les silhouettes enfantines qui trottinaient devant elles. Combien, parmi ces gamins innocents, deviendraient des Roland d'Anvers ? Qui, de ces fillettes encore naïves, seraient plus tard des Thérèse Makowski ? Et surtout qui, une Chantal Hoblart, c'est-à-dire la victime de l'un ou de l'autre ? Ils étaient peut-être là, encore en herbe, tous les trois, dans la file de ces mômes qui marchaient en se tenant par la main dans ce paysage de grande banlieue...

S'arrachant à ses rêves, Chantal franchit la porte de la pharmacie et prit son tour dans la file d'attente. Main droite serrée dans la poche droite de l'imper autour de l'ordonnance, de la feuille de Sécu et du billet de cinq cents francs dont il faudrait tout à l'heure rendre humblement la monnaie à Thérèse.

Peu à peu, Chantal se sentit envahie par un sentiment désagréable tandis qu'elle avançait d'un pas, puis d'un autre, dans la file d'attente. C'était bizarre, ça relevait de la pure intuition, sans aucune explication logique, mais l'atmosphère de cette pharmacie apparemment banale, elle ne la « sentait » pas.

Pourquoi ?

Qu'était-elle d'autre qu'une cliente dans la file ? D'accord, elle avait les fesses et le ventre nus sous son imper. Les seins libres sous son pull à col roulé qui cachait son collier, et un corselet de nylon noir tout récent étranglait sa taille. Pour le bon plaisir de sa maîtresse...

Et alors ? Elle était décente, vue du dehors... Personne ne pouvait rien soupçonner de sa tenue sous l'imper...

Pourtant, c'était plus fort qu'elle : les murs du magasin lui prenaient l'allure d'un piège. Un piège à rats. Comme le rat dont elles avaient découvert ce matin qu'il avait dévoré un bout de l'épaule droite de Roland...

Mal à l'aise, elle allait sortir quand elle s'aperçut qu'elle était en tête de file :

— Votre ordonnance, s'il vous plaît ? demandait la pharmacienne en tendant la main.

Chantal sortit l'ordonnance et la feuille de Sécu. Nerveusement.

Légère hésitation en face de l'autre côté du comptoir :

— Ah... Du Dolosal... Je ne sais plus si j'en ai encore...

Chantal se sentit observée comme si on la

déshabillait. Comme si la pharmacienne à cheveux gris « voyait » qu'elle était nue sous son imper et son pull à col roulé. Nue avec la taille étranglée par un corselet. Et un collier de soumission par amour !

— Une seconde, je vous prie, fit la pharmacienne en se reculant.

Chantal eut l'impression que le sang refluait dans ses veines : machinalement, dans la file d'attente, elle avait observé le comportement des vendeurs. Au nom du médicament demandé, ils se dirigeaient vers les tiroirs muraux correspondant à la première lettre du médicament en question.

Or la pharmacienne, les mains légèrement tremblantes autour de la feuille d'ordonnance, passa devant le tiroir aux D, D pour Dolosal, et disparut au fond de l'officine. Chantal en était sûre désormais, elle avait mémorisé le nom du médecin traitant !

Chantal se recula doucement, l'air d'aller examiner des produits à maquillage en attendant elle se rapprocha de la porte et sortit le plus naturellement possible.

A peine tourné l'angle, elle fonça à se tordre les chevilles sur les talons hauts de ses boots, le souffle coupé par son corselet.

— On est repérées ! hurla-t-elle à la portière avant droite. La pharmacienne téléphone aux flics ! C'est fichu !

Thérèse la fixa droit dans les yeux :

— D'abord, tu te calmes. C'est un ordre. Ensuite tu fais le tour de la voiture et tu te rassieds à ta place comme d'habitude. Ventre nu, cuisses écartées.

*
**

— Où on va ? haleta Chantal, geignant sous la main droite qui lui massacrait le ventre. On a dépassé la sortie vers le moulin...

La main droite de Thérèse la fouillait comme la main d'un homme fouille pour son seul plaisir le sexe d'une fille aux cuisses écartées à côté de lui sur le siège avant droit d'une bagnole.

— T'occupe... On a besoin de Dolosal. Il n'y a que ça qui compte pour l'instant. Rien que ça. On va s'en procurer. Et vite. Fais-moi confiance. Après, on avisera. Mais d'abord, du Dolosal. Et pas qu'une boîte...

Thérèse tourna son maigre visage aux cheveux courts avec des maxillaires puissants vers la petite blonde affolée, le ventre nu et offert à côté d'elle :

— Tu veux des émotions fortes ? Eh bien, je vais t'en donner.

Elle écrasa le champignon de son accélérateur :

— Tant pis pour d'Anvers, il ne perd rien pour attendre. De toutes façons, il n'en a plus que pour vingt-quatre heures...

Roland d'Anvers... Elle avaient prévu de le détacher à quinze heures et imaginé de lui faire subir une nouvelle humiliation : à genoux, poitrine et sexe, contre le mur du sous-sol, bras et jambes écartelées par des barres de force, autour du cou une ardoise avec ces mots, tracés à la craie :

« La merde ci-dessous, c'est juste une merde qui se prend pour un homme. »

Avec les premières mouches bleues d'avril vrombissant autour de son épaule droite, enivrées par la plaie sanguinolente laissée, la nuit précédente, par le festin du rat.

La CX ralentit, moteur surchauffé par une centaine de kilomètres avalés à deux cent trente à l'heure.

— Et si on s'était fait piquer au péage en excès de vitesse ? demanda Chantal.

Thérèse haussa les épaules :

— Les flics ne contrôlent qu'aux gros péages. Pas à celui-ci.

Elles venaient de sortir à Auxerre Nord, à cent bornes au sud de Fontainebleau. La CX redémarra, moteur à fond. Chantal était projeté de droite à gauche dans les virages. Contractée comme Thérèse : ces jours-ci, elles avaient terriblement tiré sur leur réserve de Dolosal, donc elles étaient en manque.

Leur truc à elles, ce n'était ni la coke, ni l'héroïne, ni le LSD, ni l'opium, c'était la morphine-base, une drogue extrêmement difficile à trouver sur le marché parallèle. Mais qui était en vente officielle, sous le nom de Dolosal, à condition d'avoir une ordonnance.

Et justement, elles n'avaient plus d'ordonnance puisque la signature de feu tonton Paul Fraignot était grillée maintenant. Fini, la filière.

Les flics les avaient repérées ! Désormais, tout n'était plus qu'une question d'heures. A calculer au mieux...

La CX fonçait sur la route, une fois sortie de l'A 6, pneus crissants, freins et accélérateur hurlant tour à tour. Vite, vite !... Vite du Dolosal !

La CX ralentit à l'entrée d'Auxerre et roulait dans un décor de banlieue classique, envahissant, tristement identique à celui de toutes les banlieues de toutes les villes de France.

La voiture stoppa à trente mètres de la première croix verte phosphorescente qui se présenta. Fascinées, Thérèse et Chantal semblaient ne plus pouvoir détacher leurs yeux de l'enseigne lumineuse qui leur promettait la fin de l'angoisse, le salut ! Mentalement, elles cherchaient à évaluer combien de ces précieuses boîtes pouvaient être entassées dans le tiroir « D » de cette pharmacie. Suffisamment pour tenir jusqu'à leur départ après la castration de d'Anvers ?

Thérèse décrocha sa ceinture de sécurité :

— Bon, cette fois, c'est moi qui y vais.

Elle referma son blouson de cuir :

— Le Lüger...

Chantal se précipita vers la boîte à gants et sortit le pistolet avec son embout vissé à l'extrémité du canon comme un pot d'échappement : le silencieux.

Thérèse attrapa le Lüger et vérifia que la

première balle du chargeur était bien engagée dans le canon. Et que le cran de sûreté était bien dégagé. Tout était en ordre : la pastille rouge à ras de la gâchette était visible.

Avant de sortir, elle se tourna vers Chantal et murmura rapidement.

— Ma minette, si je ne reviens pas, tu retournes au moulin. Tu flingues d'Anvers. Le shotgun est dans l'armoir de l'entrée.

Elle respirait avec difficulté ; le manque de Dolosal.

— Les faux passeports sont en haut de l'armoire, avec le fric, en dollars. Tu as de quoi tenir un an.

En guise de réponse, Chantal lui tendit sa bouche avant d'ajouter :

— Je t'aime, Maîtresse. A tout de suite. Je t'aime.

Elle se replia sur le siège avant droit de la CX et alluma une cigarette. Elle aussi, elle haletait autant par manque qu'à cause du corselet qui lui comprimait la poitrine.

Elle sursauta : un pépère hilare se penchait vers elle au-dessus du pare-brise.

— Ça va pas, la minette, on a ses vapeurs ?

Il était gras et vulgaire, il puait la banlieue sale. Chantal domina son envie frénétique de l'insulter :

— Merci. Mais ça va, je vous assure, ça va...

Enfin, ce fut au tour de Thérèse. La main de la préparatrice se tendit mécaniquement.

— Votre ordonnance, s'il vous plaît ?

« L'ordonnance » surgit, camouflée entre les pans à demi-ouverts du blouson de cuir.

Les gens d'aujourd'hui voient des films à la télé. Ils finissent par savoir quelle gueule ça a, un silencieux au bout d'un flingue.

Thérèse sourit et marmonna entre ses dents :

— Au moindre cri, à la moindre alerte, je tire.

Encore un petit sourire :

— Vous allez au tiroir « D » là-bas à gauche. Vous raflez tout, je dis bien tout ce que vous avez comme boîtes de Dolosal.

Elle fixa la préparatrice dans les yeux :

— Ce n'est pas tout. Vous allez à la réserve. Vous complétez avec ce qui vous reste en stock. Puis vous revenez les poser gentiment sur le comptoir.

Elle désigna d'un coup d'œil la petite Vietnamienne, visiblement nouvelle dans l'officine.

— Si vous déconnez, je lui fais sauter la tête.

La préparatrice revint. Apparemment calme. Normale, aurait-on pu dire malgré ses bras chargés de beaucoup plus de boîtes qu'il n'est coutume pour vendre des médicaments.

Thérèse retint un sourire de louve : quinze boîtes au moins... De trouille, la préparatrice avait vraiment vidé toutes les réserves de Dolosal de la boutique.

Thérèse attrapa le tout.

— Merci, tu n'as pas été trop conne toi, tu as sauvé ta peau. Merci pour toi.

Tout s'était passé très vite, en quelques minutes, et personne, semblait-il, n'avait rien vu ni rien compris.

La CX remontait maintenant l'autoroute du Sud en direction de Paris. A fond la caisse.

— Alors ? gueula Thérèse, tu as trouvé ?

Chantal se concentra, les yeux plissés par l'attention, sur le dépliant accompagnant les papiers de la CX.

— Sens, finit-elle par dire en relevant la tête, c'est le plus proche bureau Hertz.

Thérèse leva le pied :

— D'après les panneaux, c'est à combien de kilomètres, la prochaine station d'essence ?

Chantal fit une moue avant de répondre :

— Ça doit faire dix bornes, je pense.

Thérèse réenfonça nerveusement la pédale d'accélérateur :

— Ouf... On tiendra jusque-là.

Le problème, ce n'était pas le niveau d'essence à la jauge, mais celui du manque dans la jauge cardiaque. A peine la CX garée devant la porte de la boutique Tout Services de l'autoroute, Chantal et Thérèse se ruèrent vers le distributeur à boissons. Vite, deux pièces de deux francs... et une double pression sur la commande d'écoulement. Elles avaient choisi deux Viandox dont elles tenaient maintenant les gobelets brûlants entre leurs mains, à l'écart. Fébrilement, elles y vidèrent leurs ampoules de Dolosal et, presque d'une seule gorgée, elles avalèrent la potion magique...

La CX repartit et prit la direction de Sens.

*
**

Thérèse terminait de signer tous les papiers, au bureau Hertz de la ville.

L'employée lui rendit sa carte bleue gold.

— La R20 est là-bas à droite, fit-elle.

— Merci, répondit Thérèse.

Et elle sortit.

Une carte bleue gold, on ne contrôle pas... Le numéro était bidon... Jamais approvisionné... Il fallait faire vite. Fuir. Tout était cuit, Thérèse le savait et elle s'énervait dans cette R20 beaucoup moins nerveuse et puissante que la CX. Heureusement Chantal était toujours là, les jambes écartées, son imper ouvert, sur le siège avant droit.

Chantal frissonna : Une main dominante, une main de maître se posait sur son ventre entre deux changements de vitesse. Il n'y avait pas de R20 à boîte automatique disponible à Sens...

Thérèse écrasait la pédale d'accélérateur : cent-vingt, cent-trente, cent-quarante, la voiture s'essouflait.

— Chiotte de bagnole, grinça-t-elle, chiotte de limace.

*
**

A leur arrivée au moulin, elles trouvèrent Roland d'Anvers inanimé ; il pendait lamentablement à moitié étranglé, suspendu par son collier. Thérèse le détacha vite avant de lui faire une piqûre de tonicardiaque, tandis que Chantal le giflait à tour de bras pour le faire revenir à lui.

Puis elles le laissèrent, enchaîné à nouveau dans la cave et, une fois remontées au living, Chantal se prit la tête à deux mains :

— On est foutues, repérées... Il faut se tirer d'ici...

Elle chialait à corps perdu.

— Arrête de déconner ! gueula Thérèse. Il y a une complication, c'est d'accord. Comme c'est sûr maintenant que les flics nous sont au cul. Mais on a au moins deux jours d'avance sur eux. Au moins deux jours, tu entends ! Et d'ici là, on se sera tirées.

A l'abri !

Thérèse souleva les mèches blondes de la fille effondrée à genoux devant elle contre le canapé :

— Panique pas, je suis là...

CHAPITRE XII

Le flic de l'aéroport d'Orly fonça vers la R18 qui s'arrêtait, freins bloqués, devant le trottoir des arrivées : l'immatriculation était bien celle qu'on lui avait donné au téléphone.

Boris jaillit de la voiture, fit rapidement les présentations, puis il ajouta :

— D'abord bravo, vous venez de nous rendre un fier service.

Le commissariat d'Orly avait appelé la Brigade Mondaine une demi-heure plus tôt : la 505 de Thérèse Makowski avait été retrouvée sur le parking longue durée.

— Comment l'idée vous est venue d'aller traîner par là-bas ? fit Aimé.

Le collègue haussa les épaules :

— On vérifie toujours une fois ou deux par semaine. Avec, en mains, la liste des véhicules signalés comme suspects. C'est fréquent qu'on en retrouve. Classique. Les gens qui les abandonnent croient être tranquilles pour un bon bout de temps.

— Vite, aux stands de location de voitures, fit Boris.

Le collègue s'étonna :

— Vous ne voulez pas voir la bagnole ?

— Non, inutile. La fille qui l'a abandonnée a sûrement loué une voiture ici.

Il se rua dans le hall. A droite la lignée des stands de location : Avis, Rent-a-car, Hertz, Europcar, Locasud, Autorent, Citer...

— Grouillons, fit-il. On prend chacun un stand et rappelez-vous bien, elle ne s'appelle plus Thérèse Makowski, elle a un jeu de quatre autres identités : Germaine Tizier, Josyane Martel, Marie Giacomet, et Fatimah Salam, ajouta-t-il à l'intention du flic d'Orly.

Le collègue s'écarquilla en sortant son calepin :

— Mais c'est une pro ! C'est quoi, cette histoire ?

— Je vous expliquerai plus tard. Pas le temps. Tout ce que je peux vous dire, c'est que ce sont deux tueuses. Notez les noms.

Rien à Citer, rien à Autorent, rien à Avis... Ils repartirent tous les trois, le flic vers Locasud, Aimé vers Hertz et Boris vers Europcar.

Et chacun de recommencer son boniment :

— Bonjour, mademoiselle. Police. Nous recherchons une personne qui a peut-être loué une voiture chez vous ces jours derniers.

Et, à chaque fois le même léger effarement sur le visage de l'autre côté du comptoir à l'énoncé des quatre noms possibles.

— Pstt, fit soudain Aimé de loin, l'air radieux.

Ça y est ! J'ai trouvé. C'est chez Hertz. Il y a trois jours, une CX.

Boris se rua :

— Ouf...

Il attrapa le duplicata. Nom de la loueuse : Germaine Tizier... Il ne s'intéressa même pas au numéro du permis de conduire, ni à l'adresse, évidemment bidons.

— Merci, murmura-t-il. Elle a même de fausses cartes de crédit...

Il se pencha sur la petite brune proprette qui le fixait, vaguement émue, avec, dans les yeux un énorme point d'interrogation : « Ça alors, pourquoi il est flic et pas acteur de cinéma, le mec ? ».

— C'est vous qui lui avez louée la CX ? fit Boris.

— Oui.

— Parfait. Vous vous souvenez d'elle ?

La fille sourit :

— Et comment. Immense. On aurait dit un homme. Elle était avec une petite blonde en imper et pull à col roulé. Un couple de lesbiennes, ça se remarque. En plus, la grande brune était bizarre, comme fiévreuse. Et l'air très méchant...

— C'est bien ça, merci, répondit Boris tout en notant la couleur : gris métallisé et le numéro d'immatriculation de la CX.

Puis il se redressa en se tournant vers le collègue d'Orly :

— On peut monter dans vos bureaux pour lancer les avis de recherche ?

— Mais bien sûr, suivez-moi.

Ils remercièrent encore la fille et le trio s'en alla. Boris était perdu dans ses pensées. Il ne savait pas pourquoi, à chaque fois que le phénomène se produisait en lui, mais il était subitement sûr que Thérèse Makowski avait abandonné la CX à son tour... Pure intuition mais qui le taraudait. Et pourquoi son sixième sens lui criait-il que son intuition avait un rapport direct avec la phrase prononcée par la veuve du docteur Fraignot : « Tout ce que je sais d'elle, c'est qu'elle a loué un moulin en région parisienne, il y a quelques mois » ?...

— Attendez-moi, une seconde, fit-il. J'appelle la Maison. Ils ont peut-être du nouveau.

Aimé soupira :

— Ce serait le Pérou.

Boris courut vers une cabine et introduisit sa télécarte :

— Allô, Rabert ? C'est Boris. Je suis à Orly. La fille a loué une CX chez Hertz et... Quoi ?...

Il ne bougea plus du tout en écoutant Rabert raconter, à l'autre bout du fil.

Les deux nouvelles étaient tombées coup sur coup, dix minutes plus tôt, et ils avaient cherché à les joindre à leur téléphone voiture d'urgence, pendant qu'ils enquêtaient aux stands de location.

Primo : Chantal Hoblart s'était présentée, hier après-midi dans une pharmacie de Fontainebleau, avec, à la main une ordonnance signée Fraignot...

Ce qui avait fait tiquer la pharmacienne, c'était d'abord sa pâleur et ses yeux hagards, caractéristiques des drogués en manque. Et puis, le médicament demandé : Dolosal, un puissant analgésique dérivé de la morphine et classé stupéfiant au tableau B.

— Je sais, je sais, coupa Boris. Et alors ?

— Alors, la pharmacienne est allée dans son arrière-salle consulter sa liste de noms de médecins suspects et d'ordonnanciers volés. Et elle a pu vérifier que le nom du docteur Fraignot, décédé, figurait bien sur cette liste.

« Quand elle est revenue dans le magasin pour tenter de faire patienter la fille pendant que son mari appelait en vitesse le poste de police tout proche, Chantal avait disparu.

— Et l'autre nouvelle ? fit avidement Boris.

— Moins d'une heure plus tard, Thérèse, et là non plus aucun doute possible sur son identité, a surgi dans une pharmacie de la banlieue d'Auxerre, Lüger au poing, et elle s'est fait remettre toute la réserve de Dolosal de l'officine avant de s'enfuir en CX gris métallisé. La préparatrice a eu le réflexe de courir dehors pour noter le numéro d'immatriculation, mais dans son émotion, elle n'a pu se souvenir, quand elle a appelé les flics, que des trois derniers numéros.

Boris consulta rapidement son bout de papier :

— 7, 5 et 9 ?

— Oui.

— Plus aucun doute, c'est bien elle. Et cette fois, elle sait qu'elle est repérée...

Rabert se gratta la gorge à l'autre bout du fil :

— Tant que je te tiens, donne-moi le numéro

d'immatriculation complet puisque tu l'as, que je mette en route l'avis de recherche.

Boris dicta et puis :

— Bien sûr, mais ça ne servira à rien. Elle a déjà changé de bagnole ou c'est une branque. Et elle nous a prouvé que ce n'était pas le cas ! En s'enfuyant à Auxerre, elle a sûrement jeté un coup d'œil dans son rétroviseur et vu la préparatrice sur le trottoir.

— Tu as raison, reconnut Rabert, mais pourquoi être allées jusqu'à Auxerre ? Je veux dire : si loin de Fontainebleau ?

Boris hocha la tête :

— Elémentaire, mon cher Watson ! A ton avis, qu'es-ce qui s'est passé après la tentative loupée de Chantal à Fontainebleau ? Chantal a été décrite comme en état de manque, tu me l'as dit toi-même. Toutes les pharmacies à vingt kilomètres à la ronde ont été mises sous surveillance. Rappelle-toi, sur l'ordre du directeur de la PJ lui-même, un avis de recherche d'urgence a été lancé concernant trois personnes : Fraignot, sa nièce et sa compagne. Depuis hier, on a même communiqué aux flics, sans explication pour éviter les fuites du côté de la presse, tous les faux noms des deux filles.

« Alors, qu'est-ce qu'elle s'est dit, la fille entraînée en Libye à toutes les ficelles de la clandestinité ?

— Ça va, j'ai compris, grogna Rabert. Elle a flairé le coup et elle est allée commettre une attaque à cent vingt bornes de Fontainebleau, et par la voie la plus rapide : l'autoroute.

— Et voilà, commenta Boris, tu as tout pigé, tu es un chef.

— Te fous pas de moi, rigola Rabert. En tout cas, elle a drôlement mis la gomme. Moins d'une heure pour atteindre Auxerre... Et elle a eu un pot d'enfer de ne pas se faire piquer pour excès de vitesse. Ça prouve au moins deux choses. D'abord, qu'elle était bien en manque elle aussi. Et, ensuite, et ça c'est emmerdant, que maintenant qu'elle se sait identifiée, elle est prête à tout.

Et que l'écrivain va rapidement passer à la casserole.

— Exact, soupira Boris. Désormais, c'est la course contre la montre...

Le flic d'Orly écarquillait les yeux, planté au milieu de la foule des passagers qui allaient et venaient dans le grand hall de l'aéroport.

— Mais qu'est-ce qu'elles ont fait à la fin ?

Boris le fixa :

— Un kidnapping. Désolé, mon vieux, mais je ne peux pas vous en dire plus. Ordre supérieur. Tout ce que je peux ajouter, c'est que c'est une question d'heures maintenant et encore, en mettant les choses au mieux.

Il alluma une Gallia et se mit à arpenter nerveusement le couloir en tirant distraitement sur sa cigarette, plongé dans ses réflexions.

« Un moulin en région parisienne... Une pharmacie à Fontainebleau... Bon, c'est dans la région... Il n'y a pas de rivière à Fontainebleau mais il y en a dans le coin... Ne serait-ce que la Seine ou le Loing... Ou des affluents de la Seine ou du Loing... Question à cinq francs : comment répertorier et visiter en quelques heures tous les moulins de la région de Fontainebleau ? »

Il releva la tête en rejoignant le flic d'Orly :

— Où est passé mon collègue ?

Le flic désigna le comptoir des loueurs de voitures :

— Il m'a dit qu'il avait une idée... Tiens, le voilà qui revient...

Aimé souriait maintenant, l'air assez fier de lui :

— Trois quarts d'heure, hier après-midi après l'attaque de la pharmacie d'Auxerre, elles ont rendu la CX à l'agence Hertz de Sens et elles y ont loué une R20.

Boris émit un petit sifflement. Soufflé :

— Comment tu as trouvé ? Et comment si vite ?

Aimé se frotta la moustache :

— J'ai gambergé de mon côté pendant que tu gambergeais du tien. Et je me suis dit qu'une agence de location de voitures, ça doit savoir jour après jour où sont ses voitures : les sorties, les rentrées, l'état du parc de chaque agence, quoi. Ça paraît logique pour assurer un bon fonctionnement de l'ensemble. Alors, je suis allé poser la question à la brunette de chez Hertz : « Bien sûr, m'a-t-elle répondu. Tous les soirs avant de fermer, je tape sur mon ordinateur ce qu'on appelle l'état du stock. Ça part directement à l'ordinateur central, au siège, à Paris. Comme ça, la compagnie peut assurer le bon dispatching des voitures à travers la France. »

« Alors, je lui ai demandé si le système fonctionnait dans les deux sens. Comme elle m'a répondu par l'affirmative, je lui ai expliqué que j'aimerais bien savoir si, par hasard, la CX louée par Thérèse n'avait pas déjà été rendue quelque part. Elle a interrogé son ordinateur qui a confirmé qu'effectivement la CX était rentrée à l'agence de Sens, hier après-midi.

« Du coup, je lui ai demandé d'avoir l'amabilité de chercher si une voiture n'avait pas été louée à Sens ce même jour. Voilà les réponses de l'ordinateur.

Aimé tendit à Boris le bloc-notes ouvert à la bonne page.

— Tiens, j'ai tout. Le numéro de la bagnole et le nom de celle qui l'a louée.

Boris attrapa le bloc-notes.

— Mince... Josyane Martel... La deuxième fausse identité de Thérèse ! Tu es un Dieu ! Sens, à mi-chemin entre Auxerre et Fontainebleau, ou la région de Fontainebleau...

Le flic d'Orly sifflota, admiratif :

— Eh bien, on peut dire que vous êtes fortiches à la Mondaine !

Boris le remercia d'un sourire avant d'ajouter :

— Bien plus que vous ne le croyez, parce que je sais moi, que mon collègue a aussi gambergé au problème de localisation du moulin. Et qu'il va nous sortir une idée de son chapeau : n'est-ce pas Mémé ?

Aimé Brichot fixa sa flèche :

— Exact, Boris. Elle vaut ce qu'elle vaut mais écoute-moi bien...

CHAPITRE XIII

Peu après Fontaine-le-Port, sur la rive opposée, la rive gauche de la Seine, il y a une base de loisirs avec des étangs de pêches alimentés par les eaux du fleuve.

Ensuite, c'est Chartrettes et puis Melun.

Jérôme, lui, habitait un peu plus au sud, à Bois-le-Roi. Il était libre cet après-midi-là, vu que le prof de gym s'était fait porter pâle pour cause d'angine (en réalité, tout le monde savait qu'il couchait avec la petite stagiaire d'anglais du CES qui, justement, n'avait pas cours ce jour-là). Le directeur avait donc renvoyé ses élèves de quatrième dans leur foyer.

Jérôme était ravi. Le stade ce n'était pas son truc. Il allait pouvoir se livrer à sa passion favorite : la lecture.

Les copains le charriaient à force de le voir toujours le nez plongé dans un bouquin. De poésie de préférence.

— Alors, le poète ? Ça avance les œuvres complètes ? Quand est-ce que tu nous touches un hymne à la gloire de la paquerette ?

Parce que, bien sûr, Jérôme noircissait des

pages et des pages d'alexandrins. Il avait même dans son tiroir, à la maison, quelques sonnets dont il était assez fier deux mois plus tôt.

Jusqu'à ce qu'il découvre, au hasard des programmes scolaires, la poésie de Rimbaud. Ce jeune homme romantique éternel adolescent, révolté, passionné jusqu'à la violence, lui avait révélé un univers poétique qui l'avait bouleversé.

Du coup, ses sonnets à lui, lui avaient paru d'une mièvrerie insupportable ; de la lavasse sentimentale à rougir de honte ! Et le poète était devenu son modèle, son Dieu. Une nuit d'exaltation, transporté par la lecture du *Bateau Ivre*, il avait même solennellement déclaré, planté devant sa glace :

— Je serai Arthur Rimbaud ou rien.

Pour l'instant, Jérôme pédalait, heureux, vers la base de loisirs. Il était passé chez lui rapidement pour prendre sa canne à pêche, son panier et surtout « son » Rimbaud ! Il faisait un temps superbe, doux et chaud, après quinze jours de pluie incessante. Ça allait être fantastique de s'installer à l'écart sur la berge. D'amorcer, puis de planter sa ligne dans le trépied prévu pour ça, et de plonger avec ravissement dans son bouquin. Le merveilleux bouquin d'un génie à peine plus âgé que lui.

Jérôme vérifia mécaniquement que le bouchon flottait toujours, immobile, dans l'eau de l'étang un peu boueuse après toute cette crue. Puis il se laissa aller en arrière, le dos dans l'herbe, en croisant les jambes et il referma son bouquin.

Puis ses yeux.

Et il se mit à se réciter de mémoire l'avant-dernière strophe du *Bateau Ivre*, ce fantastique poème où l'adolescent de dix-sept ans qu'il était alors, se décrivait comme une barque échappée à ses amarres qui s'en allait, au gré des tempêtes et des courants, explorer l'univers. Un poème qui était la « bouteille à la mer » que Rimbaud avait envoyé à Verlaine depuis Charleville (Ardennes).

Et qui avait décidé de sa venue à Paris.

Et de toute sa vie..

Et de sa gloire...

« Si je désire une eau d'Europe, c'est la flache[1]

Noire et froide où vers le crépuscule embaumé... »

L'Adidas droite de Jérôme rythmait les alexandrins qu'il se murmurait avec ferveur :

« Un enfant accroupi plein de tristesse, lâche

Un bateau frêle comme un papillon de mai... »

Il se répéta, extasié, paupières closes sous le soleil :

« Frêle comme un papillon de mai... »

« ... Comme un papillon de mai... »

Puis il se redressa : il avait oublié la dernière strophe. Il rouvrit son bouquin à la bonne page.

Ah oui...

« Je ne puis plus, baigné de vos langueurs, ô lames... »

1. Mare d'eau dans un bois.

Il s'arrêta pour lancer un nouveau coup d'œil sur son bouchon.

Plus de bouchon.

Ou plutôt si, à deux mètres en aval, le bouchon dérivait entraîné par un pot de Nescafé autour duquel était entortillé un drôle de ruban rose. Une boucle de ce ruban s'était accrochée au bouchon.

De rage, Jérôme tira en l'air sa canne et fit voler dans le soleil le pot de verre qui s'écrasa, dégoulinant, sur la couverture de Rimbaud !

— Ah non, pas ça, saleté ! gueula en sourdine Jérôme.

Il était furieux : non seulement ce déchet, symbole de la civilisation de consommation avait grossièrement interrompu son tête-à-tête avec Rimbaud, mais, en plus, il se permettait de venir souiller son livre préféré !

Il attrapa le pot, il le leva à bout de bras comme une pierre qu'on va rejeter à l'eau. Il s'arrêta, main à la verticale : il y avait quelque chose à l'intérieur du cylindre de verre scintillant dans le soleil.

Jérôme ramena le pot à hauteur de ses yeux... Qu'est-ce que ça pouvait bien être ? C'était un bout de papier plié...

Tout excité, il se rassit dans l'herbe pour examiner sa trouvaille. Un papier là-dedans ! Mis exprès là-dedans ! Toutes ses lectures lui remontaient à la tête... Jules Verne... *Les Enfants du Capitaine Grant*... La bouteille à la mer des naufragés !...

« Frêle comme un papillon de mai... »

Frêle comme le dernier, l'ultime espoir...

Quand il dévissa le couvercle, il eut un aller et retour de la langue contre la lèvre supérieure, un dernier tic d'enfance...

Puis il déplia le papier.

Il lut.

Et subitement, sa langue se rétracta et il se releva.

Comme un homme. Droit. Conscient de l'importance de ce qu'il venait de découvrir.

— Ça, c'est grave, très grave... bégaya-t-il pour lui tout seul. Ça ne peut pas être une plaisanterie... C'est grave...

Il récupéra en vitesse sa canne à pêche et son panier d'osier dans lequel il enfourna le pot et son SOS tragique à côté du bouquin. Puis il se mit à pédaler furieusement vers Bois-le-Roi.

Vers la gendarmerie.

Et il haletait en pesant sur les pédales.

Le gendarme de service à la réception derrière son comptoir fixa le môme grandi trop vite qui avait une ombre de moustache au-dessus de la lèvre supérieure.

— Qu'est-ce qui t'amène ?

Jérôme souleva son panier de pêche jusqu'au comptoir. Buté, il extraya de celui-ci le pot de Nescafé et en sortit le papier, qu'il déplia soigneusement avant de le tendre.

— Ça. Vous feriez mieux de le lire...

— Le pot s'est accroché à ma ligne...

Le gendarme lut. Paisible.

— Si c'est une blague, ça te coûtera cher.

Jérôme sentit qu'il manquait d'air :

— Je vous assure. C'est vrai... Lisez la signature. C'est Roland d'Anvers, un écrivain très connu, vous connaissez sûrement...

Sortant d'un bureau, un grand moustachu apparut derrière comptoir.

— Alors, Jumièges, comment ça va ?

Jumièges désigna Jérôme du menton :

— Rien à signaler, mon adjudant, sauf qu'il y a ce gosse qui vient de débarquer avec ça.

L'adjudant attrapa le papier et il lut. Jérôme le guettait : subitement, la moustache de l'adjudant se mit à frisotter, tremblotante :

— Mais, bon dieu, je l'ai vu à la télé, Roland d'Anvers, l'autre semaine !... Il insultait les ligues féminines... Ça a fait un de ces foins... Et on a vu apparaître sa signature en bas de l'écran...

« La même que celle de ce papier, Jumièges ! La même !

Il ouvrit le battant du comptoir qui permettait de passer du côté citoyen.

— Viens. Je vais avoir besoin de toi.

Il secoua au passage la tignasse de Jérôme, affectueusement :

— Je crois bien que tu as mis le nez sur un gros coup.

*
**

— Allô ? Ici l'inspecteur principal Brichot de

la section des Affaires Recommandées de la Brigade Mondaine. Je vous écoute...

— Allô ? Ici l'adjudant-chef Treilhard de la gendarmerie de Bois-le-Roi, Seine-et-Marne. J'ai une communication importante à faire à la Brigade Mondaine, monsieur le principal.

Aimé Brichot ne broncha pas d'un poil tout le temps que dura l'entretien et, quand l'adjudant de gendarmerie eut fini son rapport, il se contenta de jeter, laconique :

— Votre numéro ? Je vous rappelle très vite. Et on vient. Merci encore.

Il marqua un temps d'arrêt et ajouta :

— Remerciez le gosse de ma part et notez bien son nom et son adresse, on lui doit une fière chandelle. Je vous raconterai.

*
**

Charlie Badolini avait de nouveau réuni Boris et Aimé dans son bureau.

— Chapeau, le gosse... fit le patron de la Brigade Mondaine en hochant la tête. A quatorze ans, il a déjà des réflexes d'enfer.

Il releva la tête :

— S'il vous plaît, relisez-moi le SOS de Roland d'Anvers.

Aimé Brichot se gratta la gorge et, lentement, en pesant bien chaque mot, il lut l'appel au secours de l'écrivain.

— Une violente chute d'eau. Très violente, murmura Charlie Badolini. Fontainebleau...

Sens... ce ne peut être qu'un moulin sur la Seine ou le Loing... ou sur l'Yonne, s'il s'agit de Sens... Et puis ce bruit de train, de temps à autre...

Quel bruit de train, de « temps à autre » peut dominer le bruit d'une énorme chute d'eau de moulin ?

Le TGV.

Il n'y a que le bruit du TGV pour pouvoir dominer celui d'une chute d'eau !

Aimé jeta un coup d'œil de biais à Boris :

— Patron... Excusez-nous, mais on a étudié à fond le problème avant de venir au rapport. D'abord le message précise que le moulin est désaffecté ; il signale également, je cite, « une chute d'eau qui fait un bruit énorme ». Or, d'après le tracé des voies de chemins de fer et, notamment celui du TGV, d'après le débit des cours d'eau dans toute la zone concernée, il n'y a pas trente-six solutions, il y en a cinq. Cinq moulins dont trois sont encore en activité. On a vérifié cet après-midi sur place. No problem avec eux.

Il en reste deux. Un situé en aval de Moret-sur-Loing , à la sortie de Thomery, et un autre, en amont de Moret-sur-Loing, à Ecuelles.

— Et alors ? fit le patron de la Brigade Mondaine en grillant d'une seule aspiration le troisième tiers de sa Celtique maïs.

— Et alors, reprit Aimé Brichot, avec un flegme très « british », on s'est renseignés auprès du service des Eaux de la Préfecture de Seine-et-Marne, à Melun. Il y a effectivement deux moulins qui puissent correspondre aux indications du SOS de Roland d'Anvers.

« Celui de Thomery. Toujours habité par ses propriétaires. Et celui voisin d'Ecuelles, en amont de Moret-sur-Loing.

Il s'arrêta, ménageant ses effets.

— Loué depuis cinq mois, via l'agence Sainte-Marguerite à Fontainebleau, à une certaine Germaine Tizier, autrement dit Thérèse Makowski...

Aimé remonta d'un index nerveux ses lunettes de myope.

— Patron, maintenant, on a besoin de vous. Il est dix-sept heures, et ça urge.

Il secoua la tête :

— Je ne voudrais pas jouer les oiseaux de mauvaise augure, mais le moulin en question s'appelle, suivant les papiers communaux, soit moulin de Saint-Fargeau, soit moulin des Désespérés. Ça ne s'invente pas...

Charlie Badolini le fixa à travers un nuage bleuâtre de Celtique maïs :

— Le moulin des Désespérés !... Quel programme... Quel lieu maudit... Qu'est-ce qui a pu s'y passer, autrefois, pour mériter ce surnom ?

Boris s'examina les ongles :

— Patron ? Je peux être franc ? On a fait un énorme travail. Et surtout Aimé. Aux trois-quarts. On vous le répète, tout va se jouer avant l'aube. On ne vous demande qu'une faveur.

Il s'arrêta :

— La paix.

Charlie Badolini sursauta :

— Que voulez-vous dire ? Vous avez localisé l'adresse des deux lesbiennes qui détiennent Roland d'Anvers. Et si je comprends bien, vous me demandez de vous laisser partir seuls, tous les deux, à l'assaut de la forteresse ? Sans aucun soutien logistique ? Sans même l'aide du GIGN ?

Boris alluma une Gallia :

— Surtout sans l'aide du GIGN.

Il tortilla sa cigarette entre index et pouce :

— Patron, Thérèse Makowski sait qu'on est à deux doigts de l'avoir. En cas de pépin, vous savez bien qu'elle n'hésitera pas une seconde. C'est une pro, elle l'a prouvé depuis le début. Si on demande l'intervention du GIGN et l'assistance de la gendarmerie, on va vers la catastrophe et, de toute façon, Roland d'Anvers est foutu. Au pire, elle lui éclatera la tête avant de se flinguer avec sa copine, au mieux, elle se servira de lui comme otage pour essayer de filer et de rejoindre ses petits amis.

Boris ralluma nerveusement une autre Gallia :

— Non, ce que je veux moi, c'est de les piéger vivantes. Et récupérer Roland d'Anvers vivant lui aussi.

Charlie Badolin fixa droit dans les yeux son inspecteur préféré :

— Vous voulez parler d'une opération commando ?

Boris approuva de sa tête :

— Oui, patron. C'est le seul moyen. Et très vite. On ne peut plus attendre.

Charlie Badolini croisa les mains, les coudes sur la table.

— Il est près de dix-huit heures. Vous me demandez quoi, au juste ?

Boris le fixa, droit dans les yeux :

— Vous le savez très bien, patron.

Il lorgna vers Aimé :

— Tu es d'accord, poussin ?

Le « poussin » faisait signe que oui, calvitie luisante sous l'éclairage du bureau.

Charlie Badolini décrocha son téléphone :

— Allô, Marcillac... C'est Badolini. J'ai besoin de tes services. Quoi ?... Une opération dirigée dans deux heures tout près de Paris.

Les canines du chef de la Brigade Mondaine apparurent entre ses lèvres retroussées, jaunes de nicotine :

— Corentin et Brichot, évidemment. Je te raconterai...

Petit silence et puis :

— Merde, à la fin, je t'ai dit : Corentin et Brichot, ça ne te suffit pas pour avoir confiance ? Bon. Prépare tes hommes tout de suite. Il n'y a pas de temps à perdre. Tu as pigé ? Pas de temps à perdre.

Charlie Badolini raccrocha, et vers Boris et Aimé :

— Vous savez, vous prenez de gros risques dans cette histoire. J'espère que vous en êtes conscients...

Aimé Brichot se leva le premier :

— Patron, on est payés pour quoi, à votre avis ?

Il ajouta en riant :

— On manquait un peu d'émotions ces temps-ci, non ?

CHAPITRE XIV

Subitement, Thérèse eut l'impression que le volant de la R20 lui brûlait les doigts. Une nouvelle intuition venait de la traverser. L'intuition fulgurante du gibier traquée qui « sent » que sa piste a encore été repérée.

Sans savoir pourquoi, elle avait la conviction que le signalement de cette bagnole circulait dans tous les commissariats et postes de gendarmerie de France et de Navarre. Il fallait changer de voiture. Et vite ! Mais impossible d'en relouer une autre.

Elle remonta la pente d'Orsay et elle laissa passer le Christ de Saclay, qu'elle avait initialement prévu de prendre pour se rendre à Toussus-le-Noble. Elle continua en direction de Bièvres, puis s'engagea dans les anneaux compliqués qui menaient au supermarché de Vélizy.

Elle mit dix minutes à trouver ce qu'elle cherchait : une station service qui faisait aussi dépannage. Elle la dépassa et alla se ranger deux cents mètres plus loin. Elle débloqua le verrou d'ouverture du capot, à gauche du volant et sortit l'ouvrir. Puis, elle se pencha à l'intérieur, et fit sauter avec les ongles les clapets de retenue du delco qu'elle souleva. Elle retourna s'asseoir au volant et essaya de faire démarrer le moteur. Rien. Elle sourit et ressortit fermer le capot et les portières. Puis, de sa démarche de grenadier, elle remonta vers la station-service, les mains enfoncées dans les poches de son *Fly-Jacket* de cuir.

Suspendu autour du cou par une cordelette à lunettes son Lüger battait contre sa poitrine plate sous le blouson fermé, gonflant artificiellement son torse. Aucune importance, il y avait de la place et cette bosse féminisait vaguement sa silhouette. Pour ce qu'elle allait faire dans l'immédiat, ça l'arrangeait plutôt !

Thérèse entra dans le bureau du garagiste :

— Bonsoir, fit-elle de sa voix la plus suave et en essayant de prendre l'air désemparé de la femme confrontée à un problème mécanique auquel elle ne comprend rien. Je suis en panne. Brutalement. Le moteur s'est arrêté, comme ça sans prévenir. Et j'ai juste pu continuer sur ma lancée pour me ranger sur le bas-côté.

Elle s'essuya le front du revers de la main :

— Dans un sens, j'ai eu de la chance, je suis tombée en panne juste chez vous.

Le garagiste soupira :

— Bon, on va s'en occuper. Mais pas avant demain. Vous avez vu l'heure ? Tous les ouvriers s'en vont. .

Thérèse prit l'air catastrophé :

— Mais qu'est-ce que je vais devenir, moi ?

Le garagiste la fixa :

— Écoutez, donnez-moi les clés, j'allais partir. Je vous dépose, là-haut, au supermarché, devant les taxis.

Thérèse sortit les clés de sa poche, l'air follement reconnaissante :

— Ah ça, vous êtes chic... Merci... Je repasse quand, demain ?

— Oh, je ne sais pas moi. Mais le mieux c'est d'appeler avant. Tenez voici ma carte.

Il se leva, un peu impressionné : il faisait bien dix centimètres de moins que la fille en panne...

Thérèse le remercia par la portière, une fois déposée à la station de taxi. Puis elle attendit que le garagiste si complaisant ait disparu et s'en alla à longues enjambées vers le parking du supermarché où elle se posta, le dos appuyé à un arbre, une Gauloise sans filtre au bec.

Araignée noire et géante guettant sa proie.

Elle hésita avant de choisir sa victime. Elle faillit se décider pour un type qui terminait de vider son caddie dans son coffre. Mais non... Une famille arrivait près de la bagnole juste à côté...

Tout à coup son visage s'éclaira : « Ah... Le mec là-bas... Sûrement un macho... Ça se devine rien qu'à sa démarche... » Thérèse le suivait des yeux, tandis qu'il marchait vers sa voiture avec du champagne et du foie gras dans les bras. « Il va faire la fête, ce soir, avec sa maîtresse... Il a vraiment la gueule d'un type qui mate les femmes. »

Elle laissa tomber sa cigarette et ouvrit à moitié la fermeture éclair de son blouson. Décrochant dedans le Lüger.

Elle eut encore un sourire de fauve : le type ouvrait sa bagnole et c'était bien sûr une bagnole de macho ! Une BMW 325 I...

Elle vérifia que, dans le coin, il n'y avait pas trop de monde et elle s'approcha de la BMW. Sans la moindre accélération du rythme cardiaque dans la poitrine.

Maintenant, elle était à ras de la portière avant gauche où le conducteur était installé, s'apprêtant à engager sa clé de contact pour démarrer.

Elle se fendit d'un sourire le plus « féminin » possible et tapota de la main gauche la vitre. La main droite serrait, sous le blouson, la crosse du Lüger. La première balle du chargeur était engagée dans le canon. D'une pression du pouce, Thérèse releva doucement le cran de sureté.

Le type la fixa, intrigué. « Il a vraiment la gueule de macho... Grosse moustache en plus... » Thérèse recogna, insistante, avec la tête de la fille qui a un problème.

Après, tout se passa très vite : le type pressa un bouton sur le contrôle de son tableau de bord. La vitre descendit. Et son dernier souvenir avant de s'effondrer sur le volant, tempe gauche trouée, ce fut un face à face ahuri avec le trou rond d'un canon d'arme de poing

Le silencieux était d'un modèle spécial. Trafiqué pour étouffer les détonations au maximum. Le coup de feu avait fait tellement peu de bruit, juste un chuintement, que personne ne remarqua rien dans le parking.

Et d'ailleurs, qu'est-ce qu'il y avait d'étonnant à voir ? Une grande fille costaud penchée à l'intérieur d'une portière ouverte en train d'installer ses paquets sur le siège avant droit... Et alors ?

Le « paquet » fut soulevé à deux mains d'athlète et enfoncé, en fœtus, sous le siège avant droit.

Puis Thérèse sortit un Kleenex de sa poche et épongea le volant et le tableau de bord, vérifiant que le sang n'avait pas coulé sur le siège. Puis elle balança le Kleenex dehors et s'installa au volant, ceinture de sécurité mise.

Et elle tourna la clé de contact.

Ah... Le bon bruit feutré des six cylindres de la BMW 325 I...

Thérèse écrasa avec gourmandise la pédale d'accélérateur. Et elle reprit la route du rond-point du Christ de Saclay.

Peu avant Toussus-le-Noble, elle chercha un chemin de traverse et s'y engagea. Une fois à l'abri, elle prit les papiers du mort, histoire de vérifier qu'il avait sa carte grise sur lui... Non... elle était dans le coffre à gants. Elle sortit le corps et alla le jeter dans un trou d'eau, sous le taillis. Puis elle passa un bon quart d'heure à le recouvrir de branches mortes et de feuillages, après avoir remis ses papiers dans sa poche. Non sans avoir récupérer sa carte de crédit, et deux billets de cinq cents francs.

Puis elle repartit à reculons et, une fois revenue sur la route, elle appuya sur le champignon.

*
**

Philippe Chauffangeaux releva le nez vers la grande femme au visage dur qui venait d'ouvrir la porte de son bureau :

— Vous avez de la chance. Cinq minutes plus tard, j'étais parti.

Thérèse ignora :

— J'ai besoin d'un avion demain matin. Je vais à Cannes.

Le préposé aux locations d'avion de l'aéroport de Toussus-le-Noble prit un dossier et le feuilleta :

— J'ai un Cessna. Ça vous va ?

— Parfaitement. Tenez-le prêt à décoller à partir de neuf heures.

Philippe Chauffangeaux lui désigna la chaise en face de lui :

— Asseyez-vous.

Thérèse « obéit » en sortant de son portefeuille, la fausse carte d'identité au nom de Marie Giacomet, l'avant-dernière... Après, il ne lui resterait plus que Fatimah Salam. Puis sa licence de pilotage qualifiée : « Vol de nuit autorisé ». Et sa carte bleue gold.

Philippe Chauffangeaux récupéra le tout et il se mit à remplir ses formulaires. Il tiqua, nez relevé encore une fois :

— C'est un peu juste en temps, pour le plan de vol... En principe...

La géante en face de lui fit claquer son briquet-tempête à ras de sa Gauloise :

— Allons, pas de salades... J'ai l'habitude : il suffit d'un coup de fil, vous le savez comme moi.

Elle se pencha, yeux brillants :

— Vous n'allez pas me demander un pourboire, non ?

Philippe Chauffangeaux se cabra :

— Je vous en prie... Entre pilotes...

Il examina la licence de Marie Giacomet :

— Tiens, c'est en Italie que vous avez appris à piloter ? Et il y a vingt ans... Mince, vous devez en avoir des heures de vol derrière vous... Et c'est la première fois que vous venez à Toussus ?

Thérèse happa une longue goulée de sa Gauloise :

— Je ne suis rentrée en France que depuis peu...

L'homme lui tendit un tas de feuillets à signer :

— Là... Là... Là... Et là...

Thérèse signait nerveusement. Elle releva la tête :

— Comment s'annonce la Météo demain ?

Philippe Chauffangeaux sourit :

— Au poil. Le mistral est tombé sur la vallée du Rhône, vous allez voler les doigts dans le nez.

Il engagea la carte bleue gold, la carte des *happy few* qui ont le droit de sortir beaucoup plus que mille huit cents francs par semaine au distributeur à billets, dans la machine qui fit un aller-retour.

— Signez là. En bas...

Thérèse s'exécuta.

Puis elle se leva, l'air affairé :

— A partir de neuf heures, hein ? Je compte sur vous ?

— Pas de problème, sourit Philippe Chauffangeaux. Tout sera OK. A demain. Je serai là.

Derrière la vitre de son bureau, il regarda, pensif, la haute silhouette de cette femme qui repartait, à grandes enjambées masculines vers une BMW à jantes en alu.

Et il hocha la tête :

— Drôle de fille... On dirait vraiment un mec. Elle a sa licence vol de nuit depuis vingt ans... Une carte gold. Et une BMW... Merde... Quel fric elle doit avoir !

Il retourna à son bureau et pianota le clavier de son combiné après avoir décroché :

— Gibault ! C'est Chauffangeaux. Rends-moi service. C'est la période creuse ici. On a du mal à louer nos coucous. Alors, fais-moi une fleur, accélère la procédure pour un vol Toussus-Cannes demain matin. Ça m'arrangerait sacrément...

*
**

Chantal tournait en rond dans le living du moulin.

Huit heures passées... Et Thérèse n'était toujours pas rentrée... Une minute avant, elle était allée se refaire une dose de Dolosal. Trois ampoules d'un coup. N'empêche, elle paniquait, elle était au bord de perdre les pédales... Et si Thérèse s'était fait piquer à un barrage de flics avec la R20 ? Bon Dieu, elle aurait dû lui dire de changer de bagnole avant son départ. Ça devenait trop risqué de continuer à rouler avec cette Renault poussive !

Elle sursauta, courant aussitôt à la fenêtre : des doubles-phares ! Une R20 n'a pas de doubles-phares !

Elle s'appuya à deux mains au rebord de la fenêtre : Thérèse là-bas, Thérèse qui sortait d'une BMW sous l'éclairage extérieur !... Ouf, elle y avait pensé elle aussi, elle avait changé de voiture... Mon Dieu, qu'est-ce qu'elle était forte, Thérèse ! Quelle sacrée femme, elle était, une vraie maîtresse ! Une reine ! Une femme dont jamais aucun homme ne pourrait devenir l'égal !

Thérèse attrapa le verre d'eau sucrée que lui avait préparé Chantal avec le contenu de trois ampoules spéciales.

— Merci.

Elle but à longues gorgées avides et puis :

— Et lui, ça va ? Mais d'abord, déshabille-toi.

Chantal s'exécuta, humble et rapide.

— Les boots aussi, complètement à poil. Et

viens m'offrir tes seins, j'en ai besoin. L'après-midi a été rude.

Chantal courut se prosterner devant Thérèse, poitrine offerte. Et aussitôt attrapée rudement par les grandes mains sèches.

— Il va mieux, bredouilla-t-elle, depuis qu'on a cessé la « douche écossaise ». Il suffirait même de peu pour qu'il reprenne du poil de la bête.

Elle geignit : Thérèse lui tordait les bouts des seins.

La « douche écossaise ». Le mélange d'enfer de ralentisseur et d'accélérateur cardiaques...

Thérèse s'était brutalement mise à caresser avec douceur la fantastique poitrine de sa compagne :

— On s'envole demain matin, fit-elle. J'ai l'avion, tout est en règle. Un Cessna. On se posera dans un champ en Belgique. Je sais où. J'ai étudié la question.

Elle grimaça :

— Ça sent le brûlé. On ne peut plus attendre.

Chantal lui prit la main droite, toujours agenouillée devant Thérèse pour l'embrasser à bouche perdue.

— Je sais... Tu as changé de voiture... J'ai vu... Tu as eu raison.

Elle releva la tête, haletante, seins durcis : Thérèse recommençait à jouer avec les tétons :

— Tu n'as pas reloué, j'espère...

Thérèse ricana :

— Non. J'ai tué. Un macho. On est tranquilles. Ne t'inquiète pas.

Elle se pencha, la main droite allant et venant

toujours d'un sein à l'autre, les merveilleux seins lourds et fragiles à la fois de cette fille, sa fille, qu'elle avait arrachée à cette ordure de Roland d'Anvers.

— Tu as bien tout préparé pour lui ?

Chantal tourna la tête vers la table de ferme.

— Oui. La Superglu est là-bas.

Le menton désigna le fauteuil :

— Et le nerf de bœuf là-bas aussi.

Thérèse l'attira tendrement contre elle et lui dévora la bouche.

— Va le chercher, ma minette, ma petite belle aux seins de Vénus. Il est temps.

*
**

Cet après-midi, tandis que Thérèse était allée régler les derniers détails de leur fuite, Chantal avait méthodiquement exécuté ses préparatifs à elle.

Dans la salle des machines, elle avait creusé, à la perceuse, des trous dans les pierres du mur de la cave, sur lesquelles elle avait ensuite vissé l'appareil.

A hauteur d'un sexe d'homme agenouillé.

L'« appareil », c'était quelque chose de très simple. Et de tout bête

Juste un bout de manche à balai solidement fiché sur un morceau de contreplaqué.

Baveux, affamé, effaré, Roland d'Anvers l'avait regardée faire. Ne sachant pas à quoi tout ça servirait. Mais sachant parfaitement, d'avance, que ça ne pouvait servir qu'à le supplicier.

D'ailleurs, une fois toutes les vis serrées, et la plaquette solidement fixée, Chantal, son ex-victime sexuelle, était revenue vers lui pour lui bourrer les côtes de coups de talons.

— Ordure ! Salope ! Tu vas crever. Mais tu vas souffrir beaucoup avant de crever !

Complètement défoncée à la morphine, elle le menaçait de sa perceuse rugissante comme si elle avait voulu l'embrocher de la pointe de cette baïonnette improvisée. Le spectacle de l'écrivain, qui balançait sa tête de droite à gauche pour esquiver les coups, la fit hurler de rire :

— Minable, va... Tu es mort de trouille... Tu te pisses dessus.

Et c'était vrai...

Gavé d'eau à la régalade à l'entonnoir, il se répandait sous lui...

*

**

Depuis son trou, le rat observait ces deux femelles qui étaient en train de le priver de son MacDonald du soir...

— Vas-y, fit Thérèse.

Chantal dévissa le bouchon du tube de Superglu.

— Commence-le en haut du truc, fit Thérèse en allumant une Gauloise sans filtre.

CHAPITRE XV

Les deux voitures stoppèrent devant le moulin, tous feux éteints. Puis il y eut un dernier briefing, à la lampe de poche, autour de deux plans posés sur un capot de voiture. Tous les deux fournis par le service des eaux de la préfecture du département : peu de gens le savent, mais les propriétaires des moulins doivent des comptes à l'Administration des eaux. Pour une simple raison : en cas de crue importante, ils ont obligation eux, ou leurs locataires éventuellement, de se téléphoner de moulin à moulin, pour réguler l'ouverture de leurs vannes afin d'éviter des inondations.

Les cinq flics spéciaux, membre d'un service [1] ignoré du grand public qui s'imagine, que, seul, le GIGN est appelé en renfort en cas d'opération commando, se concentrèrent sur le plan général, se remémorant les issues de la propriété.

Aimé et Boris, eux, s'harnachaient en silence.

1. Il y a à la Préfecture de Police un service spécial de super flics entraînés qui peuvent rivaliser avec le GIGN. Il se compose d'une section comprenant des moniteurs du CAPU et d'inspecteurs de la Brigade Antigang.

Combinaisons de plongée. Palmes. Masque et tuba.

Boris vérifia que son RMR Spécial Police[1] était bien enfermé dans l'étui étanche de plastique passé à sa ceinture qui contenait aussi un talkie-walkie. Aimé en faisait autant de son côté.

Cinq minutes plus tard, ils étaient transformés en deux parfaits plongeurs de combat. Masque relevé sur le crâne pour l'instant et tuba dégaté.

Ils se penchèrent sur leur plan à eux. Celui du moulin des Désespérés que leur avait communiqué le chef de service du bureau des eaux.

La stratégie d'attaque, c'était Boris qui l'avait conçue compte tenu de la configuration des lieux : en effet l'examen du plan avait révélé l'existence d'une trappe de contrôle.

Autrement dit, il y avait une voie d'accès possible à l'intérieur du moulin. D'où l'idée de descendre la rivière avec un équipement de plongée.

Il « suffisait » de se laisser porter par le courant et puis, une fois arrivés à la vieille route du moulin, de s'y accrocher et, d'un coup de hanche, de se propulser dans le large conduit menant jusque sous la trappe ménagée dans le dallage du sous-sol.

Marcillac, le patron des spéciaux de la PJ s'avança vers Boris :

— Une dernière fois, vous voulez vraiment agir seuls tous les deux ?

1. Revolver à six coups avec des balles de 357 Magnum. Donc très puissantes.

Boris le fixa : ses yeux noirs reflétaient une détermination inébranlable.

— Excuse-moi, Marcillac, mais oui. Réfléchis un peu. Tu lances avec tes mecs l'assaut à la bombe aveuglante et alors ?... C'est le massacre général ! Cette fille est peut-être dingue, mais c'est une pro, rompue aux techniques du terrorisme.

« Non, crois-moi, la seule méthode, c'est la nôtre. On entre par le sous-sol, par surprise et on les coince.

« Encore une fois, c'est une terroriste, il faut la prendre à contre-pied. Elle s'attend à une attaque frontale. Ce à quoi, elle ne s'attend pas, c'est à ce qu'on vienne chez elle par les égouts. Comme des rats, tu piges ?

Marcillac se prit la tête à deux mains :

— Tu es un mec bizarre, Corentin. Tu causes comme si tu savais que cette folle nous attend. Mais enfin, elle ne se doute de rien ! Comment peux-tu penser qu'elle s'imagine qu'on est là ?

Boris se passa la langue sur les lèvres, juste avant d'y enfourner l'embout de son tuba :

— Tu vas me prendre pour un dingue, Marcillac, mais c'est moi qui suis sur l'enquête depuis le début avec Brichot. On a passé notre temps à essayer de se mettre dans sa peau. C'est comme ça qu'on a réussi à la suivre presque pas à pas.

« Alors, maintenant, si je te dis qu'à sa place, en ce moment j'aurais une drôle d'intuition, l'intuition d'être cernée, tu me crois ou pas ?

Il agita son poing serré :

— J'en suis sûr ! Elle se dit que le moulin est

cerne. Elle va liquider d'Anvers dans les minutes qui viennent puis, elle va se tirer. Avec une nouvelle bagnole, je suis sûr qu'elle a déjà abandonnée la R20. Comment et où ? Je n'en sais rien, mais je suis sûr qu'elle a piqué une autre bagnole.

Marcillac se recula, impressionné :

— Si on pousse ton raisonnement jusqu'au bout, elle doit se dire que tu vas aussi peut être venir par la rivière, par-dessous le moulin.

Boris haussa les épaules :

— Ça, je ne crois pas. Peu de gens sont au courant des activités du service des Eaux. C'est un pari à tenter, le seul.

Il fixa Marcillac droit dans les yeux :

— Inch Allah, hein !

Puis il rabattit son masque sur son visage.

*
**

Marcillac regarda patrouiller les deux hommes grenouilles vers la berge où Boris et Aimé se laissèrent glisser à l'eau avant de s'en aller dans le courant vers le moulin.

Il se tourna vers ses hommes :

— Allez, à vos places.

Resté seul, il hocha longuement la tête et, à voix basse :

— Gonflés, les mecs. Il y en a qui ont des couilles au cul, à la Mondaine... Et j'en connais au moins deux...

*
**

Boris remonta la tête à la surface en arrachant l'embout de son tuba. Quelques secondes plus tard, la tête d'Aimé surgit à son tour dans l'eau boueuse à côté de lui.

— Ça va, vieux frère ?...

Aimé haleta juste après avoir ôté de sa bouche l'embout de son propre tuba Il se laissa porter par le flot tourbillonnant de la rivière jusqu'à sa flèche :

— Ça va... On est encore loin ?

Boris donna plusieurs coups puissants de nageoires pour se hausser le plus haut possible au-dessus du niveau des eaux...

— Plus que cent mètres. Tu n'as pas trop froid ?

La grenouille en collant caoutchouté qui palmait à contre-courant pour faire du surplace à côté de lui leva le pouce.

Un geste de pilote d'avion pour dire :

— OK, Boris, on décolle. Tout va bien.

Ils plongèrent dans le flot tourbillonnant du Loing. Bien chaud dans leur combinaison de plongée. Protégés du froid glacial de l'eau de la rivière par celle qui s'était infiltrée entre combinaison et peau. Se réchauffant au contact de la peau, et les préservant du froid du courant.

Aimé leva le pouce, agitant la tête : cette fois les lumières du moulin étaient toutes proches et ils entendaient déjà gronder la chute d'eau.

Ils se laissèrent porter vers elle, épaule contre épaule.

Et chacun avec deux mêmes idées dans la tête : Un, est-ce que l'élastique serrant le plastique autour du RMR continuait à bien tout étanchéifier ? Deux, est-ce que les potes du service spécial planqués dehors autour de toutes les issues de la propriété, n'allaient pas déconner ?

Boris atteignit le premier la vieille roue à aubes bloquée. C'était vrai que la chute faisait un vacarme d'enfer !

Il leva la tête, se remémorant le plan du moulin.

— Ça y est, haleta-t-il. Regarde, Mémé... La trappe.

Il se hissa à la force des poignets et se retourna :

— On est bien d'accord ? Si dans un quart d'heure, je n'ai pas donné signe de vie, tu bipes.

Dans le bouillon d'eau précédant la chute, un marsouin caoutchouté fit signe du pouce :

— Reçu cinq sur cinq...

Puis Aimé Brichot observa, accroché à deux mains à un anneau, sa flèche qui se hissait jusqu'à la trappe.

Aimé se haussa au-dessus du niveau des eaux et extirpa son talkie-walkie du sac en plastique pendu à son cou :

— Allô ? Allô ? Ici Brichot. Boris va entrer...

*
**

Finalement, il y avait deux salles des machines

dans le sous-sol du moulin des Désespérés, la salle des meules à moudre le grain d'abord. Puis la salle où on remisait le grain moulu avant de le remonter par sacs de toile de jute vers le déversoir.

C'était dans la deuxième salle, en venant de la trappe de la chute d'eau que Thérèse et Chantal avaient décidé de s'offrir un dernier petit plaisir avant la castration totale de Roland d'Anvers.

Un petit plaisir assez sadique...

L'écrivain était à genoux sur le dallage de la deuxième chaîne. Et poignets entravés à son collier.

Ça ce n'était pas grand chose par rapport aux supplices précédemment subis. Pas de quoi en faire un fromage...

Léger détail pour corser la situation :

A hauteur de l'aine de Roland d'Anvers, il y avait une plaquette de bois vissée dans le mur. Et, fichés dans ladite plaquette, vingt-deux centimètres de manche à balai.

Tout juste la dimension en érection de Roland d'Anvers, quand il était encore un bandeur invétéré. Autrement dit, dans la nuit des temps.

Pour la troisième fois, Chantal aligna sa traînée de Superglu sur le bout du manche à balai.

La première fois, ça avait été en haut.

Puis à gauche.

Maintenant, c'était à droite.

Logique. Il fallait bien faire le tour du bâton jusqu'à la quatrième fois.

Celle du dessous.

Chantal attrapa cette chose fripée qui était autrefois une machine à sodomiser les filles trop gentilles, trop confiantes, trop cloches, comme elle l'avait été.

Ça saignait.

Deux longues traînées, déjà...

Chantal releva la tête, fixant la lopette incontinente qui avait été un dresseur de filles il n'y avait pas tellement longtemps.

Elle obligea de l'index son ex-maître à la regarder :

— Salaud... On t'a eu... Salaud...

Roland d'Anvers laissa retomber son menton sur sa poitrine, guettant l'« arrachage ».

Chantal fit bien attention à ne pas se coller les doigts en enduisant de superglu la partie droite du membre de Roland à la partie gauche du bâton de bois.

Puis elle se recula :

— Vas-y...

Il y eut un sifflement sourd de nerf de bœuf. Et un éclatement sanguinolent des fesses poilues.

Puis un type qui ne peut même plus se tenir à genoux contre le mur. Qui perd les pédales ! Qui crie « Maman » en sanglotant.

Un macho réduit à néant !

Une ordure de mec qui s'écroule, même plus capable de se tenir à genoux !

Et qui hurle comme un porc qu'on saigne :

en s'écroulant, il a décollé son membre du bâton vissé au mur.

Son membre collé au bâton, à la Superglu.

Et que le coup de nerf de bœuf a arraché, sanguinolent, au bâton.

Pour la troisième fois.

Son membre qui n'était plus qu'une pauvre petite chose sanguinolente que Chantal, son ex-esclave sexuelle, recollait déjà au bâton, du quatrième côté !

Roland d'Anvers huma douloureusement le parfum acide de la colle passée au goutte-à-goutte sur la seule partie encore intacte de la circonférence de son membre.

Puis il ferma les yeux, paupières bloquées.

Attendant le coup de nerf de bœuf qui allait l'arracher, pour la quatrième fois, hurlant au bout de bois.

*
**

Thérèse alluma nerveusement une Gauloise sans filtre. Indifférente, tout à coup, au spectacle de Roland d'Anvers que le quatrième coup de nerf de bœuf assené par Chantal, remontée à bloc après une nouvelle prise de trois ampoules de Dolosal, venait d'arracher, beuglant comme un porc qu'on égorge à sa nouvelle ligne de Superglu.

L'écrivain râlait maintenant, suspendu à sa chaîne, son membre peu à peu dépouillé de sa peau et pissant le sang.

Déjà Chantal relevait son nerf de bœuf.

Thérèse agita sa cigarette :

— Une seconde... Il y a un truc qui me vient... Je ne sais pas pourquoi, mais ça me vient...

Elle se leva brusquement :

— Grouille-toi ! Remonte chercher nos papiers et tout le dossier, avec le fric ! Vite !...

Chantal s'immobilisa, ahurie :

— Qu'est-ce qui t'arrives ? Tu débloques ou quoi ?

Thérèse se rua en avant :

— Fais ce que je te dis ! Il y a urgence ! Je le sens. On est cernées, je le sens !

Dehors, la chute d'eau rugissait de plus belle. Avec en surimpression le bruit du dernier TGV de retour sur Paris.

— On file ! reprit Thérèse en se précipitant vers Roland d'Anvers. Tout de suite ! Le salaud, on le liquidera en route. Pas ici. Il n'y a plus une minute à perdre !

Chantal fonça dans l'escalier menant au living, se tordant les chevilles sur les hauts talons de ses boots, tandis que Thérèse cherchait comme une perdue le flacon d'éther. Pour endormir Roland d'Anvers et pouvoir le porter comme un sac inerte jusqu'à la BMW.

— Merde ! jura-t-elle. Où il est, ce putain de flacon ? Où il est ?

Elle se tournait dans tous les sens, enjambant, Roland d'Anvers qui chialait comme un môme, le membre à vif dégoulinant de sang à grosses gouttes.

Tout à coup, Thérèse s'immobilisa :

— Ah oui, dans le premier sous-sol.

Elle fonça vers l'ancienne salle des machines. Là, où les meules de grès dormaient, débranchées de la roue du moulin depuis des années et envahies de toiles d'araignée.

Oui.. Le flacon d'éther était bien ici. Là-bas, sur l'étagère, deux mètres après la trappe donnant sur la rivière.

Thérèse se figea :

La trappe se soulevait !

Toute seule !

Quelqu'un venait d'en-dessous, depuis la rivière !

Elle se recula, subitement très calme, cherchant, techniquement, professionnellement, quelque chose de lourd dans le coin. Elle finit par trouver : un manche de pioche.

Elle l'attrapa et revint se poster sur la pointe des pieds, au-dessus de la trappe qui montait, montait...

*
**

Son masque relevé sur son front, Aimé Brichot frissonnait, accroché à un anneau du mur, à ras du tunnel. Il n'avait pas froid : la combinaison de plongée le protégeait parfaitement. C'était d'émotion qu'il claquait des dents ; le bruit de la chute d'eau, ce moulin au-dessus de lui ! Cette masse de pierres datant de combien de siècles ? Suintante avec de la mousse gluante sur les grès de la fondation battus par les vagues incessantes. Et l'odeur ! Fade, collante, salpêtreuse et moussue à la fois ! L'odeur d'égout des bas-fonds du moulin dit « des Désespérés ».

Aimé concentra son attention sur la silhouette de Boris qui se hissait, au bout du tunnel, à la force des bras :

— Ça va ?...

Un grognement lui répondit :

— Ça va, vieux frère, c'est allumé, mais il n'y a personne. Tu peux venir.

Après, Aimé vit disparaître toute la silhouette de Boris.

Il nagea de toutes ses forces à contre-courant jusque sous la trappe.

— Boris ?

Réponse : un coup sourd, accompagné d'un râle rageur.

Aimé se relaissa porter par le courant vers la roue du moulin à laquelle il s'accrocha pour se sortir de l'eau, et une fois sur la berge, il arracha son talkie-walkie de son sac étanche :

— Marcillac ? C'est Brichot. Il y a un os. Boris s'est fait piéger...

*
**

Thérèse lança au loin le manche de pioche qui roula longtemps sur le dallage avant de s'immobiliser. Puis elle tourna autour de la masse de l'homme-grenouille évanoui par terre. Le sang suintait déjà sur la nuque dans la masse bouclée des cheveux noirs. Elle se figea : le sac de plastique attaché à la ceinture contenait un RMR Spécial Police et un talkie-walkie.

En outre, avant de l'assommer à coup de manche de pioche, elle avait entendu le grand brun qui parlait avec un type au-dessous de lui !

Chantal surgit :

— Ça y est, j'ai tout.

Un sac de voyage à bout de bras, elle s'arrêta, interdite :

— C'est qui ?

Thérèse tourna lentement la tête vers elle :

— La preuve que j'avais raison... Allez, aide-moi. Ils ne nous ont pas encore, les poulets ! Vite, remonte d'Anvers, je l'ai endormi. Moi, je me charge de celui-là...

Elle retourna du pied le visage de Boris :

— Beau mec, belle chair fraîche...

Elle attrapa Boris par les épaules et elle le hissa dans l'escalier, derrière Chantal qui traînait d'Anvers en haletant sous l'effort.

Elles venaient juste d'arriver au rez-de-chaussée, quand la sonnerie du téléphone les fit sursauter.

Thérèse réfléchit quelques secondes, puis elle alla décrocher sur le buffet campagnard.

*
**

Marcillac serrait les dents, assis sur le siège avant droit de sa R28, son téléphone-radio collé à l'oreille. Une minute plus tôt, un appel désespéré de Brichot par talkie-walkie. La preuve que Corentin et lui avaient trop voulu jouer aux plus fins :

— Madame Makowski, reprit-il en essayant de conserver tout son calme, vous êtes coincée. Rendez-vous. Essayez de comprendre, vous n'avez plus aucune chance.

Dans le living, Thérèse leva sa main droite, doigts écartés, histoire de vérifier si les doigts tremblaient. Ils ne tremblaient pas...

— OK, pigé, fit-elle. Je me rends.

Elle s'arrêta :

— J'ai juste deux ou trois trucs à brûler avant. Donnez-moi dix minutes. Sinon, je les liquide tous les deux.

Elle eut un sourire de fauve, canines sorties :

— Je ne sais pas qui vous êtes, monsieur le poulet, mais vous êtes intelligent. Merci...

Elle raccrocha et, les yeux hors de la tête, se tourna vers Chantal :

— Vite, à la bagnole et prends les cordes, là-bas. Vite !

*
**

Aimé Brichot arracha les palmes à ses pieds une fois revenu sur la berge. Ce qu'il avait entendu par la trappe restée ouverte lui suffisait.

Il contourna la masse moyenâgeuse du moulin et déchira à deux mains le plastique de son sac étanche autour de son revolver et du talkie-walkie qu'il attrapa en se reculant derrière l'angle du mur :

— Allô ? Marcillac... Grouillez. Elles préparent une saloperie...

Il s'arrêta :

— Bon Dieu... Une vraie saloperie.

*
**

Tout se bousculait dans la tête de Boris. Une tempête aussi terrible que les tempêtes de son enfance à Audierne quand sa mère, veuve de guerre, l'emmenait par la main sur la grève pour lui montrer le spectacle de la nature déchaînée.

Pourquoi ce souvenir d'enfance précis lui remontait-il en mémoire ? Il était au bord de la grève d'Audierne, battue par les lames déferlantes. Et sa mère, debout à côté de lui, lui expliquait que la réalité commandait tout. Et qu'il faut apprendre à faire avec... Si on veut être fort dans la vie...

L'illumination brutale des phares en face de lui le remit sans ménagement en contact avec cette fameuse réalité incontournable.

Il essaya de bouger.

Impossible.

Il était attaché à un arbre ! Et une corde était nouée serrée autour de son sexe et de ses testicules sortis de son vêtement de plongée !

Et la corde partait, dans le halo des phares,

vers une voiture ! Une BMW ! Vers le crochet de remorquage d'une BMW !

Boris regarda autour de lui, hagard : la corde reliant son sexe à la bagnole était nouée à un autre sexe d'homme, à sa gauche ! Un autre homme attaché, comme lui, au tronc d'un chêne du parc du moulin des Désespérés ! Roland d'Anvers ! Tout nu, lui, have et sanguinolent.

*
**

Thérèse poussa un bouton sur la console du tableau de bord de la BMW.

— Tchao, les machos !

Elle enclencha la marche arrière, tous phares allumés et Boris vit l'horreur : devant lui, la corde se dépliait peu à peu, se tendait. La corde reliant ses testicules et son sexe à l'anneau de remorquage de la BMW !

Il jeta un coup d'œil fou à l'arbre voisin : Roland d'Anvers, le menton sur la poitrine, était inconscient.

De son côté à lui aussi, le cordage reliant son sexe sanguinolent à la BMW serpentait dans l'herbe, se tendait !

Et la BMW reculait, lentement, « tranquillement » !

Avec au volant une fille qui avait pigé qu'elle était cuite. Mais qui avait décidé de se châtrer deux mecs d'un seul coup de marche arrière à la fois.

Avant de mourir sous les balles des flics.

Ultime vengeance contre la race des hommes...

Boris se sentit tirer en avant par le cordage. La BMW s'« amusait ». Un coup d'accélérateur... Un coup de tirage dans le cordage, un retour en avant, pour le faire retomber.

Haaa... De nouveau le sexe et les testicules tirés en avant ! Cette fois, c'était la fin. La folle allait écraser la pédale d'accélération... Marcillac et ses hommes couraient dans la nuit, et Boris les voyait !

Boris laissa retomber sa tête en avant. C'était foutu. Il pouvait dire adieu à la femme et aux femmes de sa vie...

*
**

Il y avait une espèce de crabe vêtu de caoutchouc noir qui grenouillait dans l'herbe en essayant de se faire le plus invisible possible.

Le crabe finit par se plaquer dans les paquerettes en extirpant son RMR à balles de 357 Magunm du sac plastique suspendu à sa ceinture d'homme-grenouille.

Aimé Brichot se concentra, son arme tendue à deux mains :

— Panique pas, Mémé. Surtout, ne panique pas...

*
**

Thérèse se pencha sur son volant :

— Vous pouvez dire adieu à vos couilles, les poulets ! ricana-t-elle, la bave aux lèvres.

Elle tourna la tête vers Chantal :

— Qu'est-ce qui t'arrive ? Tu es dingue ou quoi ?

Chantal avait craqué. D'un brusque mouvement d'épaule, elle avait ouvert la portière et s'était jeté sur l'herbe et maintenant elle crapahutait dans l'herbe à quatre pattes sous la lune. A bout de résistance nerveuse, elle bramait vers la BMW qu'elle en avait marre ! Qu'elle voulait arrêter ce jeu dingue !

La balle, giclée du Lüger la saisit en pleine bouche, faisant exploser sa petite gueule de blonde passée au lesbianisme...

— Salope, grogna Thérèse en reposant son Luger sur le siège avant droit.

*
**

Aimé Brichot ajusta bien son tir. Souvenirs du dernier entraînement au fort Montlignon[1]. En face de lui, dans les phares de la BMW deux hommes à ranger dans les trente secondes suivantes dans la rubrique des eunuques !

Et Boris était l'un des deux !

Boris déjà tendu en arc par la tension de la corde !

1. Il y a à la Préfecture de Police un service spécial de super flics entraînés qui peuvent rivaliser avec le GIGN. Il se compose d'une section comprenant des moniteurs du CAPU et d'inspecteurs de la Brigade Antigang.

Boris qui allait avoir le sexe et les testicules arrachés comme Roland d'Anvers.

En même temps que le salaud de macho !

Lui, Boris, qui n'avait jamais fait de mal à une femme !

*
**

Thérèse mit brutalement le levier de la boîte automatique de la BMW sur « R », « reverse » en anglais. Autrement dit : marche arrière.

Là-bas, sur le gravier illuminé par les phares de la voiture, la corde se tendait encore, avec un embranchement vers Roland d'Anvers.

Et un autre vers Boris.

Qu'est-ce qu'ils faisaient, donc les copains, les « spéciaux » de la PJ ?

Est-ce qu'ils allaient oui ou non se montrer à la hauteur ?

Toujours pas un signe de présence flicarde côté arbres du parc.

— Ou ils roupillent, ou ils cassent la croûte, grogna Aimé Brichot d'une voix changée.

D'une voix devenue fauve.

Il veilla à bien viser sa cible.

Un nœud de cordes à trente mètres.

Un nœud du diable qui se soulevait de terre.

Puis il pressa la détente de son arme une fois, deux fois, trois fois jusqu'à vider son chargeur, et ce fut le miracle : la corde fut coupée net !

Aimé se rua en avant, pieds nus dans l'herbe, ridicule dans son « costume » de plongeur.

— Boris ! Tu es intact au moins ?

*
**

Boris souleva du pied la tête de la géante qui l'avait assommé, tout à l'heure. Le visage de Thérèse Makowski apparut en pleine lumière.

Boris se recula, titubant dans l'herbe du parc du moulin des Désespérés.

— Ce n'est pas une femme ! beugla-t-il. C'est un homme. Elle est une femme qui a une tête d'homme dans la mort !

Puis il revint vers Aimé et le serra contre lui en tournoyant dans l'herbe :

— Merci, vieux frère. Merci... Sans toi...

Il n'y aurait jamais de procès, les deux dingues étaient mortes, l'une affalée sur le siège de sa voiture trouée de partout par les tirs croisés des spéciaux de la PJ, l'autre étendue dans l'herbe, assassinée par sa compagne.

ÉPILOGUE

Ghislaine Duval-Cochet se monta sur les coudes au-dessus de l'inspecteur divisionnaire Boris Corentin.

Aussi nue que lui.

— Raconte-moi, fit-elle en vérifiant du coin de l'œil que le sparadrap qu'elle venait de changer, au coin de la nuque de Boris, là où Thérèse avait frappé, tenait bien en place.

Boris raconta.

Tout.

La corde à arracher les sexes d'hommes.

Aimé le sauveur.

Et Roland d'Anvers, l'écrivain macho, hospitalisé pour au moins six mois. S'il arrivait à s'en sortir...

— Et sa maîtresse, attachée de presse, cette Aline Desplat ? fit Ghislaine.

— Elle est toujours en clinique psychiatrique.

Ghislaine se mit à lui dévorer les lèvres.

— Et l'éditeur de Roland d'Anvers qui a payé cinq millions de francs pour le racheter aux confrères ?

Boris se tortilla :

— En cure de sommeil, lui aussi. Et pour un moment.

— Tu veux dire quoi ? insista Ghislaine.

Boris prit la position du fauve qui s'étire.

Façon : « Je suis le guerrier qui a besoin de repos ».

— L'éditeur, Jean Philippe Maubert, ce n'est pas demain la veille qu'il récupérera ses cinq millions de francs, vu l'état de l'écrivain...

Ghislaine se pencha sur lui :

— Dis-moi... Et le gosse ? Le gosse qui a retrouvé le pot de Nescafé.

Boris se haussa sur les coudes.

— Qu'est-ce que tu crois ? On ne l'a pas oublié. On lui a offert les œuvres complètes d'Arthur Rimbaud dans la Pléiade, plus un attirail de pêcheur de compétition, le tout payé sur les bons roses.

Ghislaine se frotta à lui, hanche contre hanche :

— Dis-moi, ton problème psycho-sexuel d'enquête, ça a l'air résolu ?

Elle fixait, en dessous d'elle dans le lit, un objet très bien de sa personne.

Un sexe d'homme dardé par le désir.

Ghislaine descendit vers l'« objet », lèvres déjà ouvertes.

— Moi aussi, j'ai un grand merci à dire à Mémé, non ?...

Boris n'eut pas le temps de répondre :

Une bouche avide commençait à l'avaler.

A pleine bouche dévorante de mante religieuse.

Achevé d'imprimer en mai 1989
sur les presses de l'imprimerie Bussière
à Saint-Amand (Cher)

— N° d'imp. 8380. —
Dépôt légal : mai 1989.
Imprimé en France